Agatha Christie®

UM CORPO NA BIBLIOTECA

Tradução de PETRUCIA FINKLER

www.lpm.com.br
L&PM POCKET

Coleção **L&PM** POCKET, vol. 1163

Texto de acordo com a nova ortografia.
Título original: *The Body in the Library*

Primeira edição na Coleção **L&PM** POCKET: julho de 2014
Esta reimpressão: setembro de 2025

Tradução: Petrucia Finkler
Capa: juliejenkinsdesign.com © HarperCollins/Agatha Christie Ltd. 2007
Preparação: Marianne Scholze
Revisão: Patrícia Yurgel

CIP-Brasil. Catalogação na Publicação
Sindicato Nacional dos Editores de Livros, RJ.

C479c

Christie, Agatha, 1890-1976
Um corpo na biblioteca / Agatha Christie; tradução Petrucia Finkler. – Porto Alegre, RS: L&PM, 2025.
224 p. ; 18 cm. (Coleção L&PM POCKET, v. 1163)

Tradução de: *The Body in the Library*
ISBN 978-85-254-3129-5

1. Ficção inglesa. I. Finkler, Petrucia. II. Título.

14-11077 CDD: 823
CDU: 821.111-3

Rua Comendador Coruja, 314, loja 9 – Floresta – 90.220-180
Porto Alegre – RS – Brasil / Fone: 51.3225.5777

Pedidos & Depto. Comercial: vendas@lpm.com.br
Fale conosco: info@lpm.com.br
www.lpm.com.br

Impresso no Brasil
Primavera de 2025

Para minha amiga Nan

Sumário

Prefácio

Há certos clichês vinculados a certos estilos de ficção. O "falso baronete atrevido" está para o melodrama como "o corpo na biblioteca" para os romances policiais. Por anos a fio considerei a possibilidade de uma "variação sobre um tema conhecido" que fosse aceitável. Estabeleci certas condições para mim mesma. A biblioteca em questão deveria ser uma biblioteca muitíssimo convencional e ortodoxa. O corpo, por outro lado, deveria ser de uma improbabilidade extrema e bastante sensacional. Estes eram os dados do problema, mas por alguns anos permaneceram como tal, representados apenas por umas poucas linhas em um caderno de exercícios. Então, quando me hospedei durante alguns dias no verão em um hotel elegante no litoral, observei uma família em uma das mesas da sala de jantar: um homem idoso, aleijado, em uma cadeira de rodas, e, com ele, um grupo familiar de uma geração mais jovem. Felizmente, foram embora no dia seguinte. Assim, sem qualquer informação, minha imaginação pôde começar a trabalhar desimpedida. Quando as pessoas me perguntam: "Você usa pessoas reais nos seus livros?", respondo que para mim é bastante impossível escrever sobre alguém que eu conheça, ou com quem já tenha falado, ou até mesmo de quem tenha ouvido falar! Por algum motivo, isso as destrói para mim. Mas posso pegar uma figura "leiga" e imbuí-la com qualidades e inventividades minhas.

Assim, um homem de mais idade se tornou o pivô da história. O coronel e a sra. Bantry, dois amigos íntimos da minha Miss Marple, possuíam o estilo perfeito de biblioteca. Como quem segue uma receita culinária, adicione os seguintes ingredientes: um tenista profissional, uma jovem dançarina, um artista, uma bandeirante, uma recepcionista de salão de baile etc. e sirva *à la* Miss Marple!

Agatha Christie

Capítulo 1

I

A sra. Bantry estava sonhando. Suas ervilhas-de-cheiro acabavam de tirar o primeiro lugar no concurso de flores. O pároco, vestido com batina e sobrepeliz, estava distribuindo os prêmios na igreja. A esposa dele passou vestida com traje de banho, mas, na condição abençoada dos sonhos, esse fato não suscitou desaprovação na paróquia da forma como teria, com certeza, causado na vida real...

A sra. Bantry estava gostando bastante do sonho. Em geral, apreciava esses sonhos ao amanhecer, que se encerravam com a chegada do chá matinal. Em algum lugar em sua percepção interna, estava consciente dos ruídos habituais do despertar na casa. O chacoalhar das argolas das cortinas da escadaria sendo abertas pela criada, os ruídos da vassoura e da pá da segunda criada na entrada lá fora. Ao longe, o ruído pesado da tranca da porta da frente sendo puxada para trás.

Era o começo de mais um dia. Naquele ínterim, deveria extrair o máximo de alegria daquele concurso de flores – pois já começava a revelar seus ares de atmosfera de sonho...

No andar de baixo, havia o barulho das grandes persianas de madeira sendo abertas na sala de estar. Ela ouviu e ao mesmo tempo não ouviu. Os ruídos habituais da casa continuariam por ainda mais uma meia hora, discretos, abafados, sem nada perturbar, por serem tão familiares. Culminariam com o som ríspido e controlado de passadas no corredor, o farfalhar de um vestido estampado, o suave tilintar do aparelho de chá quando a bandeja fosse depositada na mesinha do lado de fora e, por fim, a leve batida na porta e a entrada de Mary para abrir as cortinas.

Ainda adormecida, a sra. Bantry franziu a testa. Algum elemento perturbador penetrava seu estado de sonho, algo fora de compasso. Passadas no corredor, passadas que eram apressadas demais e cedo demais. Seus ouvidos estavam esperando inconscientemente o tilintar da porcelana, mas não havia nenhuma porcelana tilintando.

A batida à porta veio. Mecanicamente, das profundezas de seus sonhos, a sra. Bantry disse:

– Entre.

A porta se abriu, então deveria ouvir o tinir das argolas das cortinas sendo puxadas.

Mas não houve ruído de argola alguma. A voz de Mary soou histérica e ofegante na obscura luminosidade verde do quarto:

– Ai, madame, ai, madame, *há um corpo na biblioteca.*

E então, com um ataque histérico de soluços, ela saiu correndo do quarto.

II

A sra. Bantry sentou-se na cama.

Ou seu sonho tinha tomado um rumo bastante inesperado, ou então... ou então Mary havia de fato entrado correndo no quarto, anunciando (era incrível, fantástico!) que havia um corpo na biblioteca.

"Impossível", pensou consigo a sra. Bantry. "Só posso ter sonhado."

Mas, assim que cogitou isso, sentiu mais e mais certeza de que não havia sonhado, de que Mary, a sempre altiva e contida Mary, havia de fato enunciado aquelas palavras fantásticas.

A sra. Bantry refletiu por um minuto e então deu uma cotovelada urgente e conjugal no esposo adormecido.

– Arthur, Arthur, acorde.

O coronel Bantry grunhiu, resmungou e rolou para o lado.

– Acorde, Arthur. Você ouviu o que ela disse?

– É bem possível – disse o coronel Bantry, de maneira indistinta. – Concordo em tudo com você, Dolly – e caiu no sono novamente.

A sra. Bantry chacoalhou o marido.

– Precisa me ouvir. Mary entrou aqui e disse que havia um corpo na biblioteca.

– Hã, quê?

– Um *corpo* na *biblioteca.*

– Quem disse isso?

– Mary.

O coronel Bantry reuniu suas faculdades mentais e procedeu de modo a lidar com a situação. Disse:

– Bobagem, bonitona; você sonhou.

– Não, não sonhei. Achei que fosse, também, no primeiro momento. Mas não estava sonhando. Ela realmente entrou aqui e disse isso.

– Mary entrou aqui e disse que havia um corpo na biblioteca?

– Foi.

– Mas não pode ser – retrucou o coronel Bantry.

– Não, não, suponho que não – disse a sra. Bantry, incrédula.

Ralhando, continuou:

– Mas então por que Mary diria uma coisa dessas?

– Não pode ter dito isso.

– Mas disse.

– Você deve ter imaginado.

– Não imaginei.

O coronel Bantry estava então bem desperto e se preparou para lidar com a situação com seu devido mérito. Falou, com jeito:

– Estava sonhando, Dolly, foi só isso. É por causa da história de detetive que você andou lendo, *A pista do fósforo quebrado.* Você sabe bem, Lord Edgbaston encontra uma loira linda morta no tapete da biblioteca. Os cadáveres são sempre encontrados nas bibliotecas nesses livros. Nunca soube de um caso desses na vida real.

– Talvez agora saiba – disse a sra. Bantry. – Enfim, Arthur, acho que deve se levantar para ver.

– Honestamente, Dolly, deve ter sido *sonho.* Os sonhos muitas vezes parecem de uma vividez formidável quando acabamos de acordar. Chegamos a ter certeza de que era tudo verdade.

– Eu estava tendo um sonho de natureza muito distinta, sobre um concurso de flores e a mulher do pároco vestida com traje de banho, qualquer coisa assim.

Com uma súbita explosão de energia, a sra. Bantry deu um salto da cama e abriu as cortinas. A luz de um lindo dia de outono invadiu o quarto.

– Eu *não* sonhei – a sra. Bantry declarou com firmeza. – Levante-se de uma vez, Arthur, e desça as escadas para ver o que há.

– Quer que eu desça e pergunte se há um cadáver na biblioteca? Vou passar por imbecil.

– Não precisa perguntar nada – disse a sra. Bantry. – *Caso* haja um cadáver, e é claro que é possível que Mary tenha enlouquecido e esteja vendo coisas que não existem, bem, alguém vai logo lhe falar alguma coisa. *Você* não precisa dizer uma palavra.

Resmungando, o coronel Bantry se enrolou no roupão e deixou o quarto. Seguiu pelo corredor e desceu as escadas. Ao pé da escadaria, estava um pequeno ajuntamento de criados; alguns estavam soluçando. O mordomo deu um passo à frente com ar solene.

– É um alívio que tenha descido. Dei ordens para que ninguém fizesse nada até que o senhor chegasse. Acha que já devo telefonar para a polícia?

– Telefonar para a polícia para quê?

O mordomo lançou um olhar de reprovação para a jovem moça alta que chorava histericamente no ombro da cozinheira.

– Entendi, senhor, que Mary já lhes havia informado. Ela afirma que o fez.

Mary disparou:

– Estava tão nervosa que não sei o que eu disse. A emoção me voltou toda, de uma maneira, e minhas pernas ficaram bambas, e meu estômago se revirou. Dar de cara com aquilo... oh, oh, oh!

Desmanchou-se mais uma vez no ombro da sra. Eccles, que a consolava.

– Já vai passar, já vai passar, minha querida – disse, com alguma satisfação.

– Naturalmente, Mary está um tanto aborrecida, senhor, já que foi ela que fez a terrível descoberta – explicou o mordomo. – Entrou na biblioteca, como de costume, para abrir as cortinas e... quase tropeçou no cadáver.

– Está querendo me dizer – exigiu o coronel Bantry – que há um cadáver na minha biblioteca, na *minha* biblioteca?

O mordomo pigarreou.

– Talvez, senhor, prefira ver por si mesmo.

III

– Alô, alou, alou. Aqui é da delegacia de polícia. Sim, quem fala?

O policial Palk estava abotoando a túnica com uma das mãos enquanto segurava o telefone com a outra.

– Sim, sim, Gossington Hall. Pois não? Oh, bom dia, senhor – o tom de voz do policial Palk sofreu uma leve alteração. Perdeu um pouco da impaciência oficial ao reconhecer o generoso patrono dos torneios policiais e principal magistrado do distrito. – Pois não, senhor? Em que posso ajudar? Sinto muito, senhor, não entendi direito, um *cadáver*, o senhor disse? ...é? Sim, se puder,... exato,... uma moça desconhecida do senhor, está dizendo? ...perfeitamente. Sim, pode deixar tudo comigo.

O policial Palk recolocou o fone no gancho, deu um assovio prolongado e passou a discar o número de seu oficial superior.

A sra. Palk espiou da porta da cozinha, de onde vinha um apetitoso aroma de bacon frito.

– O que foi?

– A coisa mais estapafúrdia que já ouvi na vida – respondeu o marido. – O corpo de uma moça foi encontrado lá em Gossington. Na biblioteca do coronel.

– Assassinada?

– Estrangulada, foi o que ele disse.

– Quem era?

– O coronel diz que nunca viu mais gorda.

– Então o que ela estava fazendo na biblioteca dele?

O policial Palk a silenciou com um olhar reprovador e falou em tom profissional ao telefone.

– Inspetor Slack? Aqui é o policial Palk. Acaba de chegar uma ocorrência, o corpo de uma jovem foi encontrado esta manhã, às sete e quinze...

IV

O telefone de Miss Marple tocou quando ela estava se vestindo. O som do aparelho a perturbou um pouco. Era um horário incomum para o telefone tocar. Sua vida de solteirona empertigada era tão organizada que chamadas telefônicas inesperadas eram uma fonte de vívida conjetura.

– Minha nossa – exclamou Miss Marple, examinando o aparelho estridente com perplexidade. – Quem poderia ser?

A partir das nove ou nove e meia era o horário aceito pelo vilarejo para se fazerem chamadas amigáveis para os vizinhos. Planos para o dia, convites e assim por diante eram organizados naquela hora. O açougueiro era conhecido por telefonar um pouco antes das nove se ocorresse alguma crise no mercado de carnes. Em certos intervalos durante o dia, podiam ocorrer chamadas ocasionais, embora não fosse considerado de bom tom ligar depois das nove e meia da noite. Era verdade que o sobrinho de Miss Marple, um escritor, portanto instável, tinha fama de ligar nos horários mais peculiares, uma vez chegando a telefonar dez para a meia-noite. Mas, quaisquer que fossem as excentricidades de Raymond West, acordar cedo não era uma delas. Nem ele nem ninguém do círculo de Miss Marple ligaria antes das oito da manhã. Na verdade, quinze para as oito.

Era cedo demais até para um telegrama, já que o correio só abria às oito horas.

– Deve ser engano – Miss Marple decidiu.

Resoluta, avançou até o aparelho impaciente e reprimiu seus clamores atendendo ao telefone.

– Pois não – disse.

– É você, Jane?

Miss Marple ficou bastante surpresa.

– Sim, é a Jane. Acordou bem cedo, Dolly.

A voz da sra. Bantry lhe chegou ofegante e agitada pelo fio.

– Aconteceu uma coisa horrível.

– Oh, minha nossa.

– Acabamos de encontrar um corpo na biblioteca.

Por um instante, Miss Marple achou que a amiga enlouquecera.

– Encontraram o *quê*?

– Eu sei. Não dá para acreditar, dá? Digo, pensei que isso só acontecia nos livros. Tive de argumentar por horas com Arthur hoje de manhã antes que ele decidisse descer para conferir.

Miss Marple se esforçou para se recompor. Perguntou quase sem ar:

– Mas de quem é o corpo?

– De uma loira.

– Uma o quê?

– Uma loira. Uma loira linda... de novo, igual aos livros. Ninguém nunca a viu antes. Ela está lá deitada na biblioteca, morta. É por isso que você tem de vir para cá agora.

– Quer que *eu* vá até aí?

– Sim, estou enviando o motorista para buscá-la.

Miss Marple falou, hesitante.

– É claro, querida, se acha que posso lhe oferecer algum conforto...

– Oh, não preciso de conforto. Mas você é tão boa com cadáveres.

– Ah, não, de fato. Meus pequenos sucessos foram na maior parte teóricos.

– Mas é muito boa com assassinatos. Ela foi assassinada, sabe, estrangulada. Penso da seguinte forma: se um assassinato ocorre de fato dentro da nossa própria casa, é melhor tirar proveito, se é que me entende. É por isso que quero que venha me ajudar a descobrir quem matou e resolver todo o mistério e tudo o mais. É de fato bastante *emocionante*, não é?

– Bem, claro, minha querida, no que eu puder *ajudar*.

– Esplêndido! Arthur está dificultando as coisas. Parece achar que eu não devo me divertir com a situação toda. Claro, sei que é muito triste e coisa e tal, mas, afinal de contas, eu não conheço a moça, e, quando você a vir, vai entender quando digo que ela não parece nem um pouco *de verdade*.

V

Um pouco ofegante, Miss Marple emergiu do carro dos Bantry, a porta aberta pelo chofer.

O coronel Bantry surgiu na soleira e pareceu um pouco surpreso.

– Miss Marple?... hã... que prazer em vê-la.

– Sua esposa me telefonou – explicou Miss Marple.

– Excelente, excelente. Ela precisa ter alguém com ela. Do contrário, vai desmoronar. Está tentando levar tudo pelo lado positivo no momento, mas sabe como é...

Nesse instante, a sra. Bantry apareceu e exclamou:

– Volte para a sala de jantar e tome seu café da manhã, Arthur. Seu bacon vai esfriar.

– Achei que fosse o inspetor chegando – explicou o coronel Bantry.

– Vai chegar logo, logo – disse a sra. Bantry. – É por isso que é importante tomar seu café primeiro. Vai precisar.

– Você também. É melhor vir comer alguma coisa, Dolly...

– Vou entrar daqui a pouquinho – disse a sra. Bantry. – Pode ir, Arthur.

O coronel Bantry foi enxotado de volta à sala de jantar como uma galinha recalcitrante.

– *Já*! – exclamou a sra. Bantry com uma entonação triunfal. – Venha.

Mostrou o caminho com agilidade, passando pelo longo corredor para a ala leste da casa. Do lado de fora da porta da biblioteca, o policial Palk estava de guarda. Interceptou a sra. Bantry com uma demonstração de autoridade.

– Receio que ninguém tenha permissão para entrar, madame. Ordens do inspetor.

– Bobagem, Palk – disse a sra. Bantry. – O senhor conhece Miss Marple perfeitamente bem.

O policial Palk admitiu conhecer Miss Marple.

– É muito importante que ela veja o corpo – declarou a sra. Bantry. – Não seja tolo, Palk. Afinal, é a *minha* biblioteca, não é mesmo?

O policial Palk deu passagem. Seu hábito de ceder à pequena nobreza era vitalício. O inspetor, ele refletiu, jamais precisaria ficar sabendo.

– Nada deve ser tocado ou manuseado de forma alguma – advertiu as damas.

– É claro que não – concordou a sra. Bantry, impaciente. – *Sabemos* disso. Pode entrar e assistir, se quiser.

O policial Palk tirou proveito da permissão. Já era sua intenção de qualquer maneira.

A sra. Bantry arrastou a amiga, triunfante, para o outro lado da biblioteca, até a grande lareira de estilo antigo. Falou com um senso de clímax dramático:

– Aí está!

Miss Marple entendeu então o que a amiga queria dizer quando afirmou que a moça morta não parecia real.

A biblioteca era uma sala muito característica de seus proprietários. Era grande, envelhecida e bagunçada. Era dotada de poltronas grandes e envergadas, cachimbos, livros e documentos dispostos sobre a mesa grande. Havia um ou dois bons retratos antigos de família nas paredes, algumas aquarelas vitorianas de má qualidade, além de cenas de caçadas que se propunham engraçadas. Havia um enorme vaso de margaridas no canto. A sala inteira tinha um ar escuro, tranquilo e casual. Denotava uma longa ocupação, uso familiar e respeito às tradições.

E, atravessado no velho tapete de pele de urso da lareira, encontrava-se esparramado algo novo, brutal e melodramático.

A figura extravagante de uma garota. Uma garota com cabelos loiros artificiais, arranjados em torno da face em cachos e anéis elaborados. Seu corpo magro exibia um vestido de noite decotado nas costas, de cetim com lantejoulas brancas. O rosto levava maquiagem pesada, o pó destacando-se de maneira grotesca na superfície azulada e inchada, o rímel dos cílios em pesados borrões sobre as bochechas distorcidas, o vermelho dos lábios mais lembrava um talho. As unhas das mãos estavam pintadas em esmalte de vermelho profundo, assim como as dos pés, em suas sandálias prateadas de má qualidade. Era uma figura vulgar, de mau gosto, extravagante; uma incongruência total no conforto sólido e antigo da biblioteca do coronel.

A sra. Bantry disse baixinho:

– Entende o que eu quis dizer? Simplesmente não é *real*!

A velha a seu lado assentiu com a cabeça. Baixou o olhar pensativo por um longo tempo, contemplando a figura encolhida.

Enfim falou com a voz doce:

– Ela é bem nova.

– Sim... é, suponho que seja – a sra. Bantry parecia quase surpresa, como se estivesse fazendo uma descoberta.

Miss Marple se abaixou. Ela não tocou na garota. Examinou os dedos que agarravam com uma força frenética a frente do vestido, como se houvesse tentado rasgá-lo em sua última tentativa de esforço desesperado para respirar.

Ouviu-se o som das rodas de um carro triturando o cascalho do lado de fora. O policial Palk falou com tom urgente:

– Deve ser o inspetor...

Fiel a sua crença arraigada de que a nobreza não desapontava, a sra. Bantry imediatamente foi em direção à porta. Miss Marple a seguiu. A sra. Bantry disse:

– Vai ficar tudo bem, Palk.

O policial Palk sentiu um alívio imenso.

VI

Engolindo, apressado, os últimos fragmentos de torrada com geleia e um gole de café, o coronel Bantry saiu às pressas para o hall e ficou aliviado ao ver o coronel Melchett, o chefe de polícia do condado, descendo de um carro na companhia do inspetor Slack. Melchett era amigo do coronel. Nunca gostara muito de Slack, um homem enérgico e que, em contradição ao próprio nome*, acompanhava seus modos agitados com uma boa dose de desconsideração pelos sentimentos de qualquer um que não achasse importante.

– Bom dia, Bantry – disse o chefe de polícia. – Achei melhor vir junto pessoalmente. Este me pareceu um caso extraordinário.

---

* "Slack" em inglês quer dizer lento, indolente, preguiçoso. (N.E.)

– É… é… – o coronel Bantry sofreu para se expressar. – É *incrível… fantástico*!

– Não faz ideia de quem seja a mulher?

– Não faço a mínima ideia. Nunca a vi antes na vida.

– O mordomo sabe de alguma coisa? – perguntou o inspetor Slack.

– Lorrimer está tão atônito quanto eu.

– Ah – disse o inspetor Slack. – É o que me pergunto.

O coronel Bantry convidou:

– Temos um café servido na sala de jantar, Melchett, se quiser alguma coisa.

– Não, não, melhor começar logo o trabalho. Haydock deve chegar a qualquer momento… ah, aí vem ele.

Outro carro encostou, e o doutor Haydock, um grandalhão de ombros largos que também era o médico da polícia, desceu. Um segundo carro da polícia havia expelido dois homens à paisana, um com uma câmera.

– Tudo pronto, hein? – perguntou o chefe de polícia. – Certo. Vamos adiante. Na biblioteca, segundo Slack.

O coronel Bantry grunhiu.

– É incrível! Sabe, quando minha esposa insistiu esta manhã que a criada entrara no quarto para avisar que havia um corpo na biblioteca, simplesmente me recusei a acreditar nela.

– Claro, claro, posso entender bem. Espero que sua senhora não esteja abalada demais com tudo isso.

– Está se saindo maravilhosamente bem, maravilhosamente. Chamou a velha Miss Marple para vir ficar com ela, do vilarejo, sabe.

– Miss Marple? – o chefe de polícia endureceu. – Por que ela mandou chamá-la?

– Oh, uma mulher quer a companhia de outra, não acha?

O coronel Melchett comentou com uma risadinha:

– Se quer saber minha opinião, acho que sua esposa vai tentar a mão como detetive amadora. Miss Marple é o melhor cão farejador daqui. Ela nos deu uma lição uma vez, não foi, Slack?

O inspetor Slack falou:

– Aquilo foi diferente.

– Diferente do quê?

– Aquele era um caso local, senhor. A velha sabe de tudo que se passa no povoado, é bem verdade. Mas esse aqui não vai dar pé para ela.

Melchett disse, seco:

– Você também ainda não sabe muito a respeito, Slack.

– Ah, pode esperar, senhor. Não vai demorar muito para eu me inteirar.

VII

Na sala de jantar, a sra. Bantry e Miss Marple, por sua vez, estavam tomando café.

Depois de servir sua convidada, a sra. Bantry perguntou com urgência:

– E então, Jane?

Miss Marple levantou os olhos para a amiga, levemente aturdida.

A sra. Bantry instigou, esperançosa:

– Não lhe *lembra* nada?

Pois Miss Marple havia ficado famosa por sua habilidade em conectar acontecimentos triviais do povoado com problemas mais graves, de tal forma que sempre conseguia esclarecer estes últimos.

– Não – respondeu Miss Marple, pensativa –, não posso afirmar que lembre, não no momento. Lembrou um pouco a mais nova da sra. Chetty, Edie, sabe, mas acho que foi só porque essa pobre moça roía as unhas e os dentes eram um pouco para a frente. Nada além disso. E, claro – continuou Miss Marple, dando seguimento ao paralelo –, Edie era fã do que eu chamo de enfeites baratos.

– Está se referindo ao vestido? – disse a sra. Bantry.

– Sim, um cetim arrebicado, de má qualidade.

A sra. Bantry disse:

– Sei bem. De uma daquelas lojinhas onde qualquer coisa custa um guinéu.

Continuou, esperançosa:

– Vejamos, que fim levou a Edie da sra. Chetty?

– Acaba de se mudar para outra casa e está se saindo muito bem, creio.

A sra. Bantry sentiu-se um pouco desapontada. O paralelo com o vilarejo não parecia muito promissor.

– O que não consigo entender – disse a sra. Bantry – é o que ela estaria fazendo no escritório de Arthur. A janela foi forçada, Palk me disse. Ela pode ter vindo aqui com um ladrão, e então se desentenderam... mas isso parece tão absurdo, não é?

– Ela não estava nada vestida para um assalto – disse Miss Marple, refletindo.

– Não, estava vestida para ir dançar, ou para algum tipo de festa. Mas não há nada disso por aqui, nem ao menos por perto.

– N-a-ão – balbuciou Miss Marple, titubeante.

A sra. Bantry atacou.

– Tem algo em mente, Jane.

– Bem, estava só pensando...

– Sim?

– Basil Blake.

A sra. Bantry gritou impulsivamente.

– Oh, não! – e acrescentou, como em uma explicação: – Conheço a mãe dele.

As duas se entreolharam.

Miss Marple suspirou e meneou a cabeça.

– Entendo bem como se sente.

– Selina Blake é a mulher mais gentil que existe. Os canteiros de ervas que ela planta são simplesmente fabulosos, me deixam roxa de inveja. E ela é terrivelmente generosa com suas mudas.

Miss Marple, indo além dos argumentos sobre a sra. Blake, disse:

– Mesmo assim, sabe, as pessoas estão *falando.*

– Oh, eu sei, eu sei. E, claro, Arthur fica lívido quando escuta mencionarem o nome de Basil Blake. Ele foi *extremamente* grosseiro com Arthur, e desde então Arthur não quer ouvir nenhum elogio sobre ele. O rapaz fala com aquele ar de desprezo que esses meninos de hoje usam, torcem o nariz para as pessoas que defendem suas escolas, ou o império, ou coisas do tipo. E então, claro, há as *roupas* que ele usa! As pessoas dizem – continuou a sra. Bantry – que não importa o que se usa no campo. Nunca ouvi tamanha besteira. É justamente no campo que todo mundo repara – fez uma pausa e acrescentou, melancólica: – Era um bebê adorável tomando banho.

– Havia uma foto encantadora do assassino do caso Cheviot quando era bebê no jornal domingo passado – afirmou Miss Marple.

– Oh, mas Jane, não acha que *ele...*

– Não, não, querida. Não foi o que quis dizer de modo algum. Seria de fato uma conclusão precipitada. Estava apenas tentando dar conta da presença da moça por aqui. St. Mary Mead é um local tão improvável. E então me pareceu que a única explicação possível seria Basil Blake. Ele dá *festas.* As pessoas vêm de Londres e dos estúdios, lembra-se de julho passado? Gritarias e cantorias, um barulho dos mais *terríveis*, todos muito bêbados, receio, e a sujeira e os vidros quebrados na manhã seguinte, não dava para acreditar, foi o que a sra. Berry me contou... e uma mocinha dormindo na banheira praticamente sem roupa *nenhuma*!

A sra. Bantry falou com ar indulgente:

– Suponho que devesse ser gente do cinema.

– É bem provável. E depois, imagino que já esteja sabendo... há vários fins de semana, ultimamente, que ele vem trazendo para cá uma jovem moça com ele, uma loira platinada.

A sra. Bantry exclamou:

– Não está achando que seja *esta*?

– Bem, fiquei pensando. Claro, nunca a vi de perto, só entrando e saindo do carro, e uma vez no jardim do chalé, quando ela tomava sol, apenas de short e um sutiã. Nunca cheguei de fato a ver o *rosto*. E todas essas moças com a maquiagem e o cabelo e as unhas se parecem tanto.

– É. Mesmo assim, *é possível*. É uma ideia, Jane.

Capítulo 2

I

Era uma ideia que estava sendo debatida no mesmo momento por coronel Melchett e coronel Bantry.

O chefe de polícia, depois de examinar o corpo e pôr seus subordinados para trabalhar, executando as tarefas de rotina, retirou-se com o dono da casa para o escritório deste na outra ala da residência.

O coronel Melchett era um homem de aspecto irascível que tinha o hábito de repuxar seu curto bigode ruivo. Ele então alisava os fios e lançava olhares perplexos de esguelha para seu interlocutor. Por fim, disparou.

– Olhe aqui, Bantry, preciso tirar esse peso das minhas costas. É verdade isso de que você nunca viu essa moça antes?

A resposta do outro foi explosiva, mas o chefe de polícia o interrompeu.

– Pois é, pois é, meu velho, mas veja por esse lado. Pode ser bem constrangedor para você. Um homem casado, que quer bem sua senhora e tal. Mas, cá entre nós, se *fosse* o caso de haver um envolvimento qualquer com essa moça, seria melhor falar *agora.* É bastante natural que queira abafar o fato, eu pensaria do mesmo modo. Mas não vai dar. Trata-se de assassinato. Os fatos sempre vêm à tona. Ora bolas, não estou sugerindo que *você* tenha estrangulado a menina, não é o tipo de coisa que faria, *eu* sei disso. Mas, no fim das contas, ela veio aqui, para esta casa. Digamos que tenha invadido e estava esperando para encontrá-lo, e algum outro camarada a seguiu e deu um fim nela. É possível, sabe. Entende o que estou dizendo?

– Que diabos, Melchett, estou dizendo que nunca coloquei os olhos nessa moça na vida! Não sou desse tipo de homem.

– Muito bem, então. Quem sou eu para condená-lo, entende? É um homem experiente e culto. Ainda assim, se afirma que não... A questão é o que ela estava fazendo por aqui? Ela não é desses lados, isso é quase certo.

– A história toda é um pesadelo – o dono da casa irritou-se, exasperado.

– A questão é, meu velho, o que ela estava fazendo na sua biblioteca?

– Como é que vou saber? Não fui eu que *convidei*.

– Não, não. Mas ela *veio* de qualquer forma. Parece que queria encontrar-se com você. Não recebeu nenhuma carta estranha ou algo parecido?

– Não, não recebi.

O coronel Melchett perguntou com toda a delicadeza:

– O que você estava fazendo ontem à noite?

– Fui à reunião da Associação Conservadora. Às nove horas, em Much Benham.

– E voltou para casa que horas?

– Saí de Much Benham pouco depois das dez, tive alguns problemas no caminho, precisei trocar um pneu. Cheguei em casa às quinze para a meia-noite.

– Não foi até a biblioteca.

– Não.

– Pena.

– Estava cansado. Fui direto para a cama.

– Alguém estava acordado lhe esperando?

– Não, sempre levo a chave da frente. Lorrimer vai se deitar às onze, a menos que eu dê uma ordem diferente.

– Quem fecha a biblioteca?

– Lorrimer. Em geral por volta das sete e meia, nesta época do ano.

– Ele entra lá mais alguma vez durante a noite?

– Não se eu não estiver. Deixou a bandeja com o uísque e os copos no corredor.

– Entendo. E sua esposa?

– Não sei. Estava deitada quando cheguei e dormia profundamente. Pode ter se sentado na biblioteca ontem à noitinha ou na sala de estar. Esqueci de perguntar.

– Ah, bem, logo saberemos todos os detalhes. Claro, é possível que um dos criados esteja envolvido, hein?

O coronel Bantry sacudiu a cabeça.

– Não creio. São todos do tipo mais respeitável. Estão conosco há anos.

Melchett concordou.

– É, não parece provável que estejam envolvidos. Parece mais como se a moça tivesse vindo da cidade, quem sabe com algum rapazote. Embora, por que motivo escolheram entrar nesta casa...

Bantry interrompeu.

– Londres. É o que eu acho. Não temos esses acontecimentos por aqui... ao menos...

– Bem, o que foi?

– Minha nossa! – explodiu o coronel Bantry. – Basil Blake!

– Quem é ele?

– Um rapaz ligado à indústria cinematográfica. Um brutamontes venenoso. Minha esposa o defende porque estudou com a mãe dele, mas é desses idiotas decadentes e inúteis! Está pedindo para levar um bom chute no traseiro! Ele comprou aquela casa de Lansham Road, sabe, aquela construção moderna e medonha. Dá festas lá, com multidões estridentes e barulhentas, recebe mocinhas para passar o fim de semana.

– Mocinhas?

– Sim, havia uma na semana passada, uma dessas loiras platinadas...

O queixo do coronel caiu.

– Uma loira platinada, é? – disse Melchett, com ar reflexivo.

– É. Melchett, não está achando...

O chefe de polícia disse, animado:

– É uma possibilidade. Explica o que uma garota desse tipo estaria fazendo em St. Mary Mead. Acho que vou dar uma passada por lá e trocar uma palavrinha com esse rapaz, Braid, Blake, como foi que disse que era o nome dele?

– Blake. Basil Blake.

– Será que está em casa, sabe me dizer?

– Deixe-me ver. Que dia é hoje... sábado? Em geral chega em algum momento no sábado de manhã.

Melchett disse com austeridade:

– Vamos ver se o encontramos.

II

A casa de Basil Blake, constituída de todas as conveniências modernas encerradas em uma casca horrenda com madeira até a metade e no estilo falso Tudor, era conhecida pelas autoridades postais e pelo construtor, William Booker, como "Chatsworth"; para Basil e seus amigos, como "o Antiquário" e, para a maior parte do vilarejo de St. Mary Mead, como "a casa nova do sr. Booker".

Ficava pouco mais de quatrocentos metros fora da aldeia em si, situada em uma área de construções mais recentes que fora comprada pelo empreendedor sr. Booker logo adiante da taverna Blue Boar, com a frente voltada para uma estrada rural que se mantivera especialmente impoluta. Gossington Hall ficava pouco mais de um quilômetro adiante seguindo pela mesma estrada.

Surgira um vívido interesse em St. Mary Mead quando se espalhou a notícia de que "a casa nova do sr. Booker" fora comprada por uma estrela de cinema. Mantiveram uma vigília ansiosa, à espreita da primeira aparição da lendária criatura no povoado, e pode-se dizer que, no tocante às aparências, Basil Blake cumpria com todos os requisitos. Pouco a pouco, no entanto, a realidade dos fatos foi vazando. Basil Blake não era nenhuma *estrela* de cinema, nem mesmo um ator. Era um profissional muito iniciante saboreando o título de ser o décimo quinto na lista dos responsáveis pelo cenário no Lemville Studios, quartel-general da British New Era Films. As solteiras do povoado perderam o interesse, e a classe governante das solteironas censoras abriu uma exceção para o estilo de vida de Basil Blake. Apenas o proprietário da Blue Boar mantinha seu entusiasmo com Basil e seus amigos. A receita da taverna havia aumentado desde a chegada do rapaz ao lugar.

O carro da polícia parou do lado de fora do portão retorcido e rústico projetado pelo sr. Booker, e o coronel Melchett, com um relance de desgosto pelo excesso de vigas de madeira de Chatsworth, seguiu para a porta da frente e a atacou energicamente com a aldrava.

Foi aberta muito mais depressa do que ele esperava. Um rapaz jovem com cabelo liso, um pouco longo e preto, vestindo calças de veludo laranja e uma camisa azul royal disparou:

– Então, o que quer?

– É o sr. Basil Blake?

– Claro que sou.

– Gostaria de trocar uma palavrinha com o senhor, se puder, sr. Blake.

– Quem é você?

– Sou o coronel Melchett, chefe de polícia do condado.

O sr. Blake disse, insolente:

– Não me diga; que divertido!

E o coronel Melchett, entrando na casa, compreendeu o porquê das reações do coronel Bantry. O bico de sua bota coçou.

Contendo-se, entretanto, disse, na tentativa de manter uma conversa agradável:

– Gosta de acordar cedo, sr. Blake.

– De modo algum. Ainda não fui deitar.

– É mesmo.

– Mas não imagino que tenha vindo aqui indagar sobre meu horário de dormir, ou, se foi, é um desperdício e tanto do tempo e dinheiro do condado. Sobre o que deseja falar comigo?

O coronel Melchett limpou a garganta.

– Entendo, sr. Blake, que na semana passada recebeu uma visitante... uma... hã... jovem de cabelos claros.

Basil Blake o fitou, jogou a cabeça para trás e deu uma gargalhada.

– As raposas velhas da aldeia foram lhe fofocar isso? Sobre meu comportamento moral? Vão se catar, a moral não é assunto da polícia. O senhor *sabe* disso.

– Como disse – continuou Melchett, seco –, sua moral não me diz respeito. Vim lhe falar porque o corpo de uma moça de cabelos claros e aparência... hã... levemente exótica foi encontrado... foi assassinada.

– Jura! – Blake o fitou. – Onde?

– Na biblioteca de Gossington Hall.

– Em Gossington? Na casa do velho Bantry? Que história. O velho Bantry! Que velho depravado!

O coronel Melchett ficou com o rosto vermelho. Falou com tom ríspido se sobrepondo à nova gargalhada do rapaz diante dele:

– Por gentileza, controle sua língua. Vim aqui lhe perguntar se pode elucidar qualquer coisa nessa história.

– Veio aqui me perguntar se dei falta de alguma loira? É isso? Por que eu deveria... oi, oi, oi, o que é isso?

Um carro acabava de encostar em frente à casa com uma cantada de pneus. Dele, saiu cambaleando uma jovem vestida em um largo pijama branco e preto. Tinha lábios vermelhos, cílios pintados e uma cabeleira loira platinada. Foi até a porta, escancarou-a e exclamou, enfurecida:

– Por que me deixou para trás, seu grosso?

Basil Blake se levantara.

– Então aí está você! Por que não a deixaria? Falei que era hora de ir embora e você não saiu.

– E por que sairia porque você me mandou? Eu estava me divertindo.

– Sim... com aquele brutamontes imundo do Rosenberg. Sabe bem como *ele* é.

– Você ficou com ciúme, só isso.

– Não se iluda. Detesto ver uma garota de quem eu goste e que não sabe beber deixando um tipo nojento da Europa central apalpá-la.

– Isso é mentira. Você estava bebendo bastante também, e se atirando para a vadia espanhola de cabelos pretos.

– Se eu a levo para uma festa, espero que ao menos saiba como se comportar.

– E me recuso a receber ordens, e era isso. Disse que iríamos à festa e voltaríamos para cá depois. Não vou sair de uma festa antes de querer sair dela.

– Não... e foi por isso que deixei você a pé. Eu estava pronto para vir embora e vim. Não vou ficar fazendo hora esperando por uma mulher tonta.

– Que pessoa doce e educada que você é!

– Você não fica nada atrás.

– Queria lhe dizer o que penso de você!

– Se acha que pode mandar em mim, minha cara, está enganada!

– E se acha que pode ficar me dando ordens, pode rever seu conceito!

Os dois se olhavam com ódio.

Foi nesse momento que o coronel Melchett aproveitou a oportunidade e pigarreou bem alto.

Basil Blake deu meia-volta para olhar para ele.

– Olá, esqueci que estava aqui. Já está na hora de partir, não é? Deixe-me apresentá-los, Dinah Lee, coronel Empolado da polícia do condado. E, agora, coronel, que já viu que a minha loira está viva e em boas condições, quem sabe possa dar continuidade ao seu trabalho no que diz respeito ao fricote do velho Bantry. Tenha um bom dia!

O coronel Melchett disse:

– Eu lhe sugiro que fale de maneira mais civilizada, meu jovem, ou vai se meter em encrenca – e partiu a passos firmes, com a expressão vermelha e irada.

Capítulo 3

I

Em seu escritório de Much Benham, o coronel Melchett recebeu e examinou os relatórios de seus subordinados:

– ...portanto, tudo parece bastante claro, senhor – o inspetor Slack concluía. – A sra. Bantry sentou-se na biblioteca depois do jantar e foi dormir pouco antes das dez. Apagou as luzes ao sair da sala e, presume-se, ninguém entrou na peça depois. Os criados foram dormir às dez e meia, e Lorrimer, depois de depositar a bandeja de drinques no hall, foi para a cama às quinze para as onze. Ninguém ouviu nada fora do usual exceto pela terceira camareira, e ela ouviu até demais! Grunhidos e um grito de gelar o sangue e passos sinistros e não sei mais o quê. A segunda camareira que divide o quarto com ela disse que a outra moça dormiu pregada a noite inteira sem fazer barulho nenhum. São essas que inventam coisas que nos causam mais problemas.

– E a história da janela que foi forçada?

– Um trabalho amador, Simmons disse; feito com um cinzel qualquer, modelo convencional, não teria provocado muito barulho. Deve haver algum cinzel pela casa, mas ninguém consegue achar. Ainda assim, é uma ferramenta bastante comum.

– Acha que algum dos criados sabe de alguma coisa?

Bastante a contragosto, o inspetor Slack respondeu:

– Não, senhor, acho que não sabem. Todos pareciam muito chocados e abalados. Tive minhas suspeitas quanto a Lorrimer... estava reticente, se é que me entende... mas não acho que tenha nada aí.

Melchett assentiu. Não deu importância à reticência de Lorrimer. O enérgico inspetor Slack em geral causava esse efeito nas pessoas que interrogava.

A porta se abriu, e o dr. Haydock entrou.

– Pensei em dar uma olhada em vocês e passar algumas coisas por alto.

– Claro, claro, fico feliz em vê-lo. E então?

– Nada de mais. Exatamente o que vocês pensaram. A morte foi causada por estrangulamento. A tira de cetim do próprio vestido foi passada em torno do pescoço e cruzada atrás. Bastante fácil e simples de executar. Não exigiria muita força... quer dizer, se a moça foi pega de surpresa. Não há sinais de luta.

– E sobre a hora da morte?

– Digamos que entre dez e meia-noite.

– Não consegue precisar mais do que isso?

Haydock meneou a cabeça com um leve sorriso.

– Não vou arriscar minha reputação profissional. Não antes das dez e não depois da meia-noite.

– E seu palpite o inclina a qual horário?

– Depende. Havia fogo na lareira, a sala estava aquecida... tudo isso atrasaria o enrijecimento do cadáver.

– Alguma coisa a mais que possa dizer sobre ela?

– Não muito. Era jovem, em torno de dezessete ou dezoito anos, eu diria. Bastante imatura em algumas coisas, mas bem desenvolvida em termos musculares. Um exemplar bastante saudável. A propósito, era *virgo intacta.*

E com um aceno de cabeça, o doutor saiu da sala.

Melchett perguntou ao inspetor.

– Tem certeza de que ela nunca foi vista antes em Gossington?

– Os criados são categóricos. Estão bastante indignados. Teriam se lembrado se a tivessem visto nas redondezas, garantem.

– Imagino que sim – disse Melchett. – Qualquer pessoa daquele tipo se destaca no raio de um quilômetro por aqui. Veja aquela moça do Blake.

– Pena que não era ela – disse Slack –, então conseguiríamos progredir um pouco.

– Parece que essa garota veio de Londres – declarou ao chefe de polícia, pensativo. – Não creio que haja nenhuma pista local. Nesse caso, suponho, faríamos bem em chamar a Scotland Yard. É um caso para eles, não para nós.

– No entanto, algo deve tê-la atraído para cá – começou Slack. E acrescentou, titubeante: – Parece-me que o coronel e a sra. Bantry *deveriam*, sim, saber de alguma coisa, claro... sei que são seus amigos, senhor.

O coronel Melchett respondeu lançando-lhe um olhar gelado. Falou, rígido:

– Pode ficar descansado que estou levando em conta todas as possibilidades. *Todas* as possibilidades. – Prosseguiu: – Revisou a lista de pessoas dadas como desaparecidas, imagino?

Slack assentiu. Apresentou uma lista datilografada.

– Estão aqui. A sra. Saunders, dada como desaparecida uma semana atrás, cabelos escuros, olhos azuis, 36 anos. Não é ela... e, de qualquer jeito, todo mundo sabe, exceto pelo marido, que ela foi embora com um camarada de Leeds... um vendedor. A sra. Barnard, essa tem 65. Pamela Reeves, dezesseis, desaparecida de casa desde ontem à noite, comparecera à reunião do grupo das bandeirantes, cabelos castanho-escuros, penteado maria-chiquinha, 1,63m...

Melchett falou, irritado:

– Pode parar de ler esses detalhes idiotas, Slack. Essa moça não era uma colegial. Na minha opinião...

Interrompeu a frase quando o telefone tocou.

– Alô... sim... sim, quartel-general da polícia de Much Benham... quê? Só um momento...

Ele escutou e escreveu com agilidade. Então voltou a falar, com um tom de voz diferente:

– Ruby Keene, dezoito, ocupação dançarina profissional, 1 metro e 60, magra, cabelos loiros platinados, olhos azuis, nariz arrebitado, acreditava-se que usava um vestido de festa branco com paetês, sandálias prateadas. Confere? Como? Sim, diria que sem dúvida alguma. Vou mandar Slack para lá imediatamente.

Desligou e olhou para o subordinado com crescente animação.

– Conseguimos, acho. Era a polícia de Glenshire (Glenshire era o condado ao lado). Uma moça foi informada como desaparecida do Majestic Hotel, em Danemouth.

– Danemouth – repetiu o inspetor Slack. – Agora sim.

Danemouth era um grande balneário da moda, não muito longe dali.

– É coisa de uns 25 quilômetros daqui – disse o chefe de polícia. – A garota era dançarina ou algo do tipo no Majestic. Não apareceu para fazer seu número ontem à noite, e o gerente estava bem irritado. Quando continuava desaparecida esta manhã, uma das outras meninas causou um alvoroço, ou outra pessoa causou. Soa um pouco obscuro. É melhor ir até Danemouth agora, Slack. Apresente-se lá para o superintendente Harper e coopere com ele.

II

Atividade era algo sempre ao gosto do inspetor Slack. Sair disparado em um carro, ser rude ao silenciar aqueles que estavam ansiosos para lhe contar coisas, interromper conversas com a desculpa de coisas urgentes a tratar. Tudo isso dava sentido à vida de Slack.

Em um espaço curtíssimo de tempo, portanto, chegou a Danemouth, apresentou-se ao quartel de polícia, teve uma breve conversa com o gerente distraído e apreensivo do hotel, e, deixando-o com um consolo dúbio de "primeiro precisamos nos certificar de que *seja* a moça antes de alardearmos qualquer coisa"... já estava dirigindo de volta a Much Benham na companhia da parente mais próxima de Ruby Keene.

Dera um rápido telefonema para Much Benham antes de deixar Danemouth, assim o chefe de polícia estava preparado para sua chegada, embora não, talvez, para uma apresentação tão sucinta:

– Esta é Josie, senhor.

O coronel Melchett fitou seu subordinado com frieza. Sentia que Slack dera folga para sua sensatez.

A moça que acabara de sair do carro veio socorrê-lo.

– É assim que sou conhecida profissionalmente – explicou, com o momentâneo lampejo de uma arcada de dentes brancos, grandes e muito bonitos. – Raymond e Josie é como eu e meu parceiro somos chamados, e, claro, o hotel todo me conhece como Josie. Josephine Turner é meu nome verdadeiro.

O coronel Melchett se ajustou à situação e convidou a srta. Turner a se sentar, enquanto lançava sobre ela um olhar arguto e profissional.

Era uma moça bonita, talvez mais para os trinta do que para os vinte anos; sua beleza dependia mais de cuidados habilidosos do que dos traços naturais.

Parecia competente e de bom temperamento, com bastante bom senso. Não era do tipo que poderia ser descrito como glamoroso, mas tinha, assim mesmo, um bocado de atrativos. Usava maquiagem discreta e vestia um tailleur escuro bem cortado. Embora parecesse ansiosa e chateada, não estava, assim decidiu o coronel, sofrendo de tristeza.

Ao sentar-se disse:

– Parece horrível demais para ser verdade. Acha mesmo que é Ruby?

– Isso, receio, é o que precisamos que nos diga. Temo que vá ser bastante desagradável para a senhorita.

A srta. Turner disse, apreensiva:

– Ela... ela... está muito horrível?

– Bem... temo que vá ser um grande choque.

Ofereceu sua cigarreira, e ela aceitou um, agradecida.

– Quer... quer que eu vá vê-la já agora?

– Acho que seria melhor, srta. Turner. Entenda, não adianta muito interrogá-la antes de termos certeza. Melhor resolver logo, não acha?

– Está bem.

Foram de carro até o necrotério.

Quando Josie terminou sua rápida visita, parecia estar passando mal.

– É Ruby, sem dúvida – falou, tremendo. – Pobre dessa menina! Minha nossa, estou me sentindo estranha. Não tem – ela olhou ao redor ansiosa – nenhum gim por perto?

Não havia gim disponível, mas havia conhaque, e depois de tomar um belo gole a srta. Turner recobrou sua compostura. Falou com franqueza:

– Mexe com a gente, não é, ver uma coisa dessas? Pobrezinha da Rube! Esses homens são uns porcos, não são?

– Acha que foi um homem?

Josie pareceu tomada de leve surpresa.

– Não foi? Bem, digo... naturalmente, eu pensei...

– A senhorita estava pensando em algum homem em especial?

Meneou a cabeça com força.

– Não, eu não. Não faço a menor ideia. É claro que Ruby não deixaria que eu soubesse se...

– Se o quê?

Josie hesitou.

– Bom... se estivesse... saindo com alguém.

Melchett lançou-lhe um olhar penetrante. Não disse mais nada até retornarem ao escritório. Então começou:

– Agora, srta. Turner, quero todas as informações que puder me passar.

– Sim, é claro. Por onde devo começar?

– Gostaria do nome completo e endereço da moça, seu parentesco com a senhorita e tudo o que sabe sobre ela.

Josephine Turner assentiu. Melchett confirmou sua sensação de que ela não sentia nenhuma tristeza específica. Estava chocada e aflita, mas nada além disso. Começou a falar em seguida.

– O nome dela era Ruby Keene, ou seja, esse era o nome profissional. O nome verdadeiro era Rosy Legge. A mãe dela era prima da minha mãe. Eu a conheço desde sempre, mas não tão bem assim, se é que me entende. Tenho uma porção de primos, alguns no comércio, outros no palco. Ruby estava meio que estudando para ser bailarina. Teve algumas oportunidades boas ano passado fazendo mímica e coisas do tipo. Nada muito sofisticado, mas em boas companhias do interior. Desde então foi contratada como uma das dançarinas no Palais de Danse em Brixwell, ao sul de Londres. É um lugar respeitável e cuidam bem das meninas lá, mas não se ganha muito dinheiro.

Ela fez uma pausa.

O coronel Melchett assentiu.

– Agora é aí que eu entro. Sou recepcionista de dança e de bridge no Majestic em Danemouth há três anos. É um bom emprego, bem pago e agradável. Atendemos as pessoas quando elas chegam... tiramos uma medida, claro, alguns preferem ser deixados em paz e outros estão solitários, querendo participar das atividades. A gente tenta reunir as pessoas certas para o jogo de bridge e assim por diante, e ajeitamos os mais jovens para dançarem uns com os outros. É necessário ter um pouco de tato e experiência.

Mais uma vez, Melchett balançou o queixo positivamente. Imaginava que a garota seria mesmo boa nesse emprego; tinha um jeito agradável e simpático e era, ele pensava, esperta sem a menor intelectualidade.

– Além disso – continuou Josie –, faço alguns números de dança todas as noites com Raymond. Raymond Starr é tenista e bailarino profissional. Bem, aconteceu que, neste verão, escorreguei em umas pedras quando estava me banhando um dia e torci feio o tornozelo.

Melchett havia percebido que ela caminhava mancando um pouco.

– Naturalmente, aquilo me obrigou a parar de dançar por um tempo e foi bem constrangedor. Não queria que o hotel contratasse outra pessoa no meu lugar. Isso é sempre perigoso – por um momento seus olhos sinceros e azuis ficaram duros e frios; uma fêmea lutando por sobrevivência –, porque podem sabotar sua carreira, entende. Então lembrei de Ruby e sugeri ao gerente que a chamasse. Eu continuaria fazendo o trabalho de recepcionista e o jogo de bridge e tudo o mais. Ruby tomaria meu lugar apenas na dança. Ficaria tudo em família, entende o que digo?

Melchett disse que entendia.

– Bom, concordaram, mandei um telegrama para Ruby, e ela veio. Foi uma chance e tanto para ela. Um trabalho de muito mais nível do que qualquer outro que havia feito. Isso foi há mais ou menos um mês.

O coronel Melchett perguntou:

– Compreendo. E ela foi um sucesso?

– Ah, sim – Josie confirmou, despreocupada –, foi muito bem recebida. Não dança tão bem quanto eu, mas Raymond é esperto e a levava direitinho, e ela era muito bonita, sabe... magra, loura e com carinha de bebê. Exagerava um pouco na maquiagem... eu sempre ficava de marcação em cima dela por isso. Mas sabe como são as meninas. Tinha só dezoito anos, e nessa idade sempre exageram. Não fica bem para um lugar de classe como o Majestic. Sempre reclamava para ela e pedia que desse uma moderada.

Melchett perguntou:

– As pessoas gostavam dela?

– Ah, sim. Veja bem, Ruby não era muito atinada. Era um pouco burra. Saía-se melhor com os homens mais velhos do que com os rapazes jovens.

– Tinha algum amigo especial?

Os olhos da garota encontraram os dele com total entendimento.

– Não da *maneira* que está dizendo. Ou, enfim, não que *eu* soubesse. Mas então, o senhor vê, ela não me contava nada.

Apenas por um instante Melchett se questionou por que não... Josie não dava a impressão de ser uma disciplinadora ferrenha. Mas disse apenas:

– Poderia me relatar agora quando foi a última vez que viu sua prima?

– Ontem à noite. Ela e Raymond fazem dois números de dança, um às dez e meia e outro à meia-noite. Terminaram o primeiro. Depois, notei que Ruby dançava com um dos rapazes que estava hospedado no hotel. Eu estava jogando bridge com algumas pessoas no lobby e no salão de baile. Essa foi a última vez que a vi. Logo depois da meia-noite, Raymond apareceu num humor terrível, perguntando por Ruby; ela não aparecera, e era hora de começar. Eu fiquei *incomodada*, posso lhe afirmar isso! É bem o tipo de coisa que uma garota boba faz, irritando a gerência e então levando um pé na bunda! Fui com ele até o quarto dela, mas não estava lá. Percebi que ela trocara de roupa. O vestido no qual estivera dançando, um meio cor-de-rosa, volumoso e com várias saias, estava sobre uma cadeira. Em geral ela ficava com o mesmo vestido, a menos que fosse a noite da dança especial, ou seja, nas quartas-feiras.

"Não fazia ideia do paradeiro dela. Chamamos a banda para tocar mais um foxtrote, e nada de Ruby, então disse a Raymond que *eu* faria o número de dança com ele. Escolhemos um menos complicado para meu tornozelo e fizemos uma versão mais curta... mas aquilo forçou bastante meu tornozelo mesmo assim. Estava todo inchado esta manhã. E Ruby ainda não aparecera. Ficamos por lá esperando ela aparecer até umas duas da manhã. Eu estava furiosa com ela."

A voz dela vibrou de leve. Melchett discerniu uma pitada de raiva verdadeira ali. Apenas por um instante, ficou se questionando. A reação parecia um pouco mais intensa do que se justificaria pelos fatos. Teve a sensação de que algo fora deixado de fora de propósito. Perguntou:

– E hoje de manhã, quando Ruby Keene não retornou e a cama dela não fora usada, você foi até a polícia?

Sabia pela rápida mensagem do telefonema de Danemouth que não era o caso. Mas queria ouvir o que Josephine Turner diria.

Não hesitou. Disse:

– Não, *eu* não fui.

– Por que não, srta. Turner?

Seu olhar sincero encontrou o dele. Falou:

– O *senhor* não iria… se estivesse no meu lugar!

– Acha que não?

Josie continuou:

– Preciso pensar no meu emprego. Se há uma coisa que um hotel não quer é escândalo, especialmente qualquer assunto que vá chamar a polícia. Não pensei que houvesse acontecido nada sério com Ruby. Nem por um minuto! Achei que havia feito papel de tola por causa de algum rapaz. Jurei que reapareceria bem, e eu daria uma boa descascada nela quando aparecesse! Essas meninas de dezoito anos são tão bobas.

Melchett fingiu revisar suas anotações.

– Ah, sim, vejo que foi um tal de sr. Jefferson que foi até a polícia. Um dos hóspedes do hotel?

Josephine Turner respondeu apenas:

– É.

O coronel Melchett perguntou:

– O que levou esse sr. Jefferson a fazer isso?

Josie alisava o punho da jaqueta. Seus trejeitos demonstravam constrangimento. Mais uma vez, o coronel Melchett teve a sensação de que algo estava sendo omitido. Ela confessou a contragosto:

– Ele é inválido. Ele... fica bem enraivecido com facilidade. Por ser inválido, digo.

Melchett deixou o assunto de lado. Perguntou:

– Quem era o rapaz com quem viu sua prima dançando pela última vez?

– O nome dele é Bartlett. Está lá faz uns dez dias.

– Os dois tinham uma relação de amizade?

– Não especificamente, eu diria. Não que *eu* saiba, pelo menos.

De novo, um toque curioso de raiva na voz dela.

– O que ele tem a dizer?

– Disse que, depois da dança, Ruby subiu para empoar o nariz.

– Foi então que trocou de vestido?

– Suponho que sim.

– E essa é a última coisa que sabe? Depois disso, ela simplesmente...

– Evaporou – completou Josie. – Isso mesmo.

– A srta. Keene conhecia alguém de St. Mary Mead? Ou nesta região?

– Não sei. Pode ter conhecido. O senhor vê, muitos moços passam por Danemouth, pelo Majestic, vindos de todas as partes. Não tenho como saber de onde são a menos que acabem mencionando.

– Alguma vez ouviu sua prima mencionar o nome Gossington?

– Gossington? – Josie era de uma perplexidade notória.

– A mansão Gossington Hall.

Balançou a cabeça.

– Nunca ouvi falar – o tom dela era de total convicção. Havia curiosidade ali também.

– Gossington Hall – explicou o coronel Melchett – foi onde encontraram o corpo.

– Gossington Hall? – ela o fitou. – Que coisa extraordinária!

Melchett pensou consigo: "Extraordinária é a palavra certa!". Em voz alta, disse:

– Conhece o coronel ou a senhora Bantry?

De novo, Josie meneou a cabeça.

– Ou um sr. Basil Blake?

Ela franziu a testa um pouco.

– Acho que ouvi o nome. Sim, tenho certeza de que ouvi, mas não lembro de nada sobre ele.

O diligente detetive Slack deslizou para seu superior uma página rasgada de um caderno. Nela estava escrito a lápis:

"*O coronel Bantry jantou no Majestic semana passada.*"

Melchett levantou o rosto e encontrou o olhar do inspetor. O chefe de polícia corou. Slack era um oficial aplicado e dedicado, e Melchett não gostava nada dele. Mas não poderia desconsiderar o desafio. O inspetor acusava-o tacitamente de estar favorecendo sua própria classe; de estar protegendo uma "amizade de escola".

Voltou-se para Josie.

– Srta. Turner, gostaria, se não se importar, que a senhorita me acompanhasse até Gossington Hall.

Frio e com ar provocador, quase ignorando o murmúrio de assentimento de Josie, o olhar de Melchett encontrou o de Slack.

Capítulo 4

I

St. Mary Mead estava vivendo sua manhã mais eletrizante em anos.

A srta. Wetherby, uma solteirona ácida de nariz comprido, foi a primeira a espalhar a notícia inebriante. Deu uma passada na casa da vizinha e amiga, a srta. Hartnell.

– Perdoe-me por aparecer assim tão cedo, querida, mas pensei, talvez, que ainda não soubesse da *novidade.*

– Que novidade? – exigiu a srta. Hartnell. Tinha uma voz grave e profunda e visitava os pobres infatigavelmente, não importando o quanto eles tentassem evitar sua assistência.

– Sobre o corpo na biblioteca do coronel Bantry, o corpo de uma *mulher*...

– Na *biblioteca* do coronel Bantry?

– Sim. Não é *terrível*?

– *Pobre* da mulher dele – a srta. Hartnell tentava disfarçar um deleite profundo e ardente.

– Pois é, de fato. Não imagino que ela fizesse ideia.

A srta. Hartnell observou, com tom de censura:

– Preocupava-se mais com o jardim e não o suficiente com o marido. É preciso ficar de olho nos homens... o tempo todo... o tempo todo – repetiu a srta. Hartnell, com violência.

– Eu sei, eu sei. É realmente terrível demais.

– Fico me perguntando o que Jane Marple vai dizer. Acha que sabia disso? Ela é tão afiada para esses assuntos.

– Jane Marple foi até Gossington.

– Como? Esta manhã?

– Bem cedo. Antes do café.

– Mas francamente! Ora essa! Bem, digo, acho que isso vai *além* do limite. Todo mundo sabe que Jane gosta de enfiar o nariz em tudo, mas diria que isso é indecente!

– Oh, mas foi a sra. Bantry quem mandou buscá-la.

– A sra. Bantry *mandou* buscá-la?

– Bem, o carro veio... com Musswell na direção.

– Minha nossa! Que coisa esquisita...

Ficaram em silêncio por um minuto ou dois, digerindo as informações.

– O corpo é de quem? – demandou a srta. Hartnell.

– Sabe aquela mulher horrenda que vem para cá com Basil Blake?

– Aquela loira horrorosa de farmácia? – a srta. Hartnell estava um pouco desinformada. Ainda não acompanhara a transição da moda da loira de farmácia para a platinada. – Aquela que fica deitada no jardim praticamente nua?

– Sim, minha cara. Lá estava ela, no tapete da lareira... *estrangulada*!

– Mas como assim... em *Gossington*?

A srta. Wetherby assentiu com uma expressividade infinita.

– Então... o coronel Bantry *também*...?

Mais uma vez, a srta. Wetherby anuiu.

– Oh!

Houve uma pausa enquanto as mulheres saboreavam essa nova adição para os escândalos do vilarejo.

– Que mulher do mal! – alardeou a srta. Hartnell com ira justificada.

– Bastante, bastante desavergonhada, temo em dizer!

– E o coronel Bantry... um homem tão simpático e discreto...

A srta. Wetherby falou com entusiasmo:

– Os quietinhos são em geral os piores. Jane Marple sempre diz.

II

A sra. Price Ridley estava entre as últimas a tomar conhecimento das novidades.

Uma viúva rica e autoritária, ela morava em uma casa grande ao lado da paróquia. Sua informante foi a jovem empregada, Clara.

– Uma *mulher*, está dizendo, Clara? *Encontrada morta no tapete do coronel Bantry*?

– Foi, dona. E dizem, dona, que não estava vestindo nada, dona, nem um trapinho!

– Isso é tudo, Clara. Não precisa entrar em maiores detalhes.

– Não, dona, e dizem, dona, que de primeiro acharam que era a mocinha do sr. Blake, que vem com ele passar o fim de semana na casa nova do sr. Booker. Mas agora dizem que é uma moça bem diferente. E o filho do peixeiro, ele disse que nunca teria acreditado numa coisa dessas do coronel Bantry... não com ele passando o prato do sacramento nos domingos e tudo mais.

– Há muita maldade neste mundo, Clara – disse a sra. Price Ridley. – Que isso lhe sirva de aviso.

– Sim, dona. Minha mãe, ela *nunca* vai me deixar trabalhar numa casa que tenha um cavalheiro.

– Isso é *tudo*, Clara – disse a sra. Price Ridley.

III

O presbitério ficava a um passo da casa da sra. Price Ridley.

A sra. Price Ridley deu sorte em encontrar o pároco no escritório.

O pároco, um homem de meia-idade muito bondoso, era sempre o último a ficar sabendo de qualquer coisa.

– A coisa mais *terrível* – disse a sra. Price Ridley, arfando um pouco por ter se deslocado para lá bastante depressa. – Achei que precisava do seu conselho, suas palavras sobre o assunto, caro vigário.

O sr. Clement pareceu um pouco alarmado. Disse:

– Aconteceu alguma coisa?

– Se aconteceu *alguma* coisa? – a sra. Price Ridley repetiu a pergunta com dramaticidade. – O escândalo mais terrível! Nenhum de nós fazia ideia. Uma mulher devassa, completamente despida, estrangulada no tapete do coronel Bantry.

O pároco a fitou. Arriscou:

– A senhora... está se sentindo bem?

– Não admira que o senhor não consiga acreditar! *Eu* mesma não conseguia no início. A hipocrisia daquele homem! Todos esses anos!

– Por favor, me conte exatamente do que se trata tudo isso.

A sra. Price Ridley mergulhou em uma narrativa rebuscada. Quando concluiu, o sr. Clement falou com jeito calmo:

– Mas não há nada, há, que aponte para o envolvimento do sr. Bantry nisso?

– Oh, caro pároco, o senhor é tão puro! Mas preciso lhe contar uma historinha. Na quinta-feira passada, ou foi na quinta anterior? Bem, não importa... eu estava a caminho de Londres no trem diurno, que é mais barato.

O coronel Bantry estava no mesmo vagão. Parecia estar bastante distraído. E quase por todo o trajeto ele se escondeu por trás do *The Times*. Como se, entende, ele não quisesse *conversar*.

O pároco assentiu com total compreensão e possível comiseração.

– Em Paddington, despedi-me. Ele ofereceu-se para me conseguir um táxi, mas eu estava pegando o ônibus para Oxford Street... Ele entrou em um táxi, e o escutei claramente dizer ao motorista para ir até... *bem, onde o senhor acha*?

O sr. Clement pareceu intrigado.

– Um endereço em *St. John's Wood*!

A sra. Price fez uma pausa triunfal.

O vigário permanecia sem entender.

– Isso eu considero *uma prova* – declarou a sra. Price Ridley.

IV

Em Gossington, a sra. Bantry e Miss Marple estavam sentadas na sala de estar.

– Sabe – foi dizendo a sra. Bantry –, não consigo disfarçar meu alívio de terem levado o corpo embora. Não é *bom* ter um cadáver na casa da gente.

Miss Marple assentiu.

– Sei, querida. Sei bem como se sente.

– Não pode saber – disse a sra. Bantry –, não até que tenha um na sua. Sei que teve um no vizinho certa vez, mas não é a mesma coisa. Só espero – continuou – que Arthur não fique desgostoso com a biblioteca. Passamos tanto tempo lá. O que está fazendo, Jane?

Pois Miss Marple, com uma olhada de relance para o relógio de pulso, começava a se pôr de pé.

– Bem, estava pensando em ir para casa. Se não há mais nada que possa fazer por você...

– Não vá ainda – disse a sra. Bantry. – Os homens das digitais, os fotógrafos e a maior parte dos policiais já foram, sei, mas ainda sinto como se algo fosse acontecer. Você não vai querer perder nada.

O telefone tocou, ela foi atender. Retornou com a expressão radiante.

– Falei que mais coisas aconteceriam. Era o coronel Melchett. Está trazendo a prima da pobre moça com ele.

– Por que será – disse Miss Marple.

– Como assim, Jane?

– Bem, acho que, talvez, possa querer que ela veja o coronel Bantry.

A sra. Bantry disparou, ríspida:

– Para ver se ela o reconhece? Suponho que, ah, sim, suponho que vão acabar desconfiando de Arthur.

– Receio que sim.

– Como se Arthur pudesse ter algo a ver com isso!

Miss Marple ficou em silêncio. A sra. Bantry voltou-se para ela com tom acusatório.

– E não vá mencionar o velho general Henderson ou outro velho terrível que dava casa para as criadas. Arthur não é desse tipo.

– Não, não, claro que não.

– Não, mas ele *de fato* não é. Ele só, às vezes, fica um pouco bobo com as mocinhas bonitas que vêm jogar tênis. Sabe, bem orgulhoso e avuncular. Não vejo maldade nisso. E por que deveria? Afinal – completou a sra. Bantry com certa obscuridade –, eu tenho o jardim.

Miss Marple sorriu.

– Não deve se preocupar, Dolly – falou.

– Não, não tenho a intenção. Mas mesmo assim me preocupo um pouco. E também Arthur. Está incomodado. Todos esses policiais perambulando. Desceu para a fazenda. Olhar os porcos e coisas assim sempre o acalmam quando está irritado. Ora, aí estão eles.

O carro do chefe de polícia encostou do lado de fora.

O coronel Melchett entrou acompanhado de uma mulher jovem bem arrumada.

– Esta é a srta. Turner, sra. Bantry. Prima da... hã... vítima.

– Como vai – cumprimentou a sra. Bantry, avançando com a mão estendida. – Tudo isso deve ser bastante difícil para você.

Josephine Turner falou com franqueza:

– Oh, é, sim. De certa forma, nada parece *real.* É como um pesadelo.

A sra. Bantry apresentou Miss Marple.

Melchett perguntou com ar casual:

– Seu marido está?

– Teve de ir até uma das fazendas. Vai voltar logo.

– Oh – Melchett pareceu desapontado.

A sra. Bantry disse a Josie:

– Gostaria de ver onde... onde aconteceu? Ou quem sabe não?

Josephine falou depois de um momento de pausa:

– Acho que gostaria de ver.

A sra. Bantry a levou até a biblioteca com Miss Marple e Melchett seguindo logo atrás.

– Ela estava ali – disse a sra. Bantry, apontando com dramaticidade –, no tapete da lareira.

– Oh! – Josie teve um calafrio. Mas também parecia perplexa. Disse, com o cenho franzido: – Não *consigo* entender! *Não consigo*!

– Bom, *nós* certamente não estamos conseguindo – afirmou a sra. Bantry.

Josie falou devagar:

– Não é o tipo de lugar que... – e interrompeu a frase.

Miss Marple assentiu delicadamente, concordando com o sentimento não expresso.

– Isso – murmurou – é o que torna o fato muitíssimo interessante.

– Vamos, Miss Marple – disse o coronel Melchett, de bom humor –, a senhora não tem uma explicação?

– Ah, sim, tenho uma *explicação* – disse Miss Marple. – Uma bem plausível. Mas, claro, é apenas uma *ideia* minha. Tommy Bond – continuou – e a sra. Martin, nossa nova professora. Ela subiu para dar corda no relógio, e um sapo pulou lá de dentro.

Josephine Turner pareceu confusa. Enquanto todos saíam da sala, murmurou para a sra. Bantry:

– A velhinha é um pouco atrapalhada da cabeça?

– De jeito nenhum – falou a sra. Bantry, indignada.

Josie disse:

– Desculpe, achei que talvez ela achasse que *fosse* um sapo ou coisa parecida.

O coronel Bantry estava entrando em casa pela porta lateral. Melchett fez sinal para ele e observou Josephine Turner quando apresentou os dois. Mas não houve sinal de interesse ou reconhecimento no rosto dela. Melchett suspirou de alívio. Às favas com Slack e suas insinuações!

Em resposta às perguntas da sra. Bantry, Josie estava despejando a história do desaparecimento de Ruby Keene.

– Uma preocupação tenebrosa para você, minha querida – disse a sra. Bantry.

– Fiquei mais brava do que preocupada – afirmou Josie. – Entenda, não sabia então que acontecera alguma coisa com ela.

– E ainda assim – disse Miss Marple – foi até a polícia. Não teria sido... me desculpe... um tanto *prematuro*?

Josie explicou-se, aflita:

– Oh, mas não fui eu. Foi o sr. Jefferson...

A sra. Bantry indagou:

– Jefferson?

– Sim, ele é inválido.

– Não está falando de *Conway* Jefferson? Mas eu o conheço bem. É um antigo amigo nosso. Arthur, escute... Conway Jefferson. Está hospedado no Majestic e foi ele quem avisou a polícia! Não é uma coincidência?

Josephine Turner disse:

– O sr. Jefferson passou o último verão lá também.

– Imagine! E nunca soubemos. Não o vejo há muito tempo – voltou-se para Josie: – Como... como ele está hoje em dia?

Josie considerou.

– Acho que está muito bem, de fato... ótimo mesmo. Considerando, digo. Está sempre alegre, sempre contando piadas.

– A família está lá com ele?

– O sr. Gaskell, a senhora diz? E a jovem sra. Jefferson? E Peter? Ah, sim.

Havia algo inibindo a franqueza usual e atraente de Josephine Turner. Quando falava da família Jefferson, havia algo não muito natural no tom de voz.

A sra. Bantry disse:

– Os dois são muito simpáticos, não são? Os mais jovens, digo.

Josie falou com um ar de bastante incerteza:

– Ah, sim... sim, são. Eu... nós... sim, são, *de fato*.

V

– E o que – indagou a sra. Bantry enquanto olhava da janela o carro do chefe de polícia se distanciando – ela quis dizer com aquilo? "São, *de fato*". Não acha, Jane, que há algo...

Miss Marple agarrou-se às palavras, ansiosa.

– Oh, eu acho... acho mesmo. É bastante *evidente*! O jeito dela mudou *assim* que os Jefferson foram mencionados. Ela parecia bastante natural até então.

– Mas o que você pensa que *é*, Jane?

– Bem, minha querida, *você* os conhece. Tudo que sinto é que existe *alguma coisa*, como você disse, a respeito deles que preocupa aquela moça. Outra coisa. Reparou que, quando lhe perguntou se não estivera ansiosa pelo sumiço da menina, ela disse que estava *brava*! E *pareceu* brava, *muito* brava! Isso me soa *interessante*, entende. Tenho uma sensação, talvez esteja enganada, que essa seja a principal reação dela à morte da menina. Não se importava com ela, tenho certeza. Não está triste de modo algum. Mas acho, sem a menor dúvida, que pensar naquela moça, Ruby Keene, a deixa *irritada*. E o interessante da questão é: *por quê*?

– Vamos descobrir! – exclamou a sra. Bantry. – Vamos até Danemouth ficar no Majestic... sim, Jane, você também. Preciso de uma mudança de ares para os meus nervos depois do que aconteceu aqui. Alguns dias no Majestic... é disso que precisamos. E vai conhecer Conway Jefferson. Ele é muito querido, adorável, sem tirar nem pôr. É a história mais triste que pode imaginar. Tinha um filho e uma filha e amava demais a ambos. Os dois eram casados, mas ainda passavam bastante tempo em casa. Sua esposa, também, era a mulher mais doce do mundo, e ele era devotado à mulher. Estavam voltando de avião para casa certo ano, vindo da França, e sofreram um acidente. Morreram todos: o piloto, a sra. Jefferson, Rosamund e Frank. Conway ficou com as duas pernas tão avariadas que precisaram ser amputadas. E ele tem sido fenomenal... sua coragem, sua audácia! Era um homem muito ativo e agora é um aleijado dependente, mas jamais reclama. A nora mora com ele... ela era viúva quando Frank Jefferson se casou com ela e já tinha um filho do primeiro casamento, Peter Carmody. Os dois moram com Conway. E Mark Gaskell, o marido de Rosamund, também passa boa parte do tempo lá. A história toda foi uma tragédia das mais tenebrosas.

– E agora – disse Miss Marple – acontece mais uma tragédia...

A sra. Bantry disse:

– Ah, sim... sim... mas não tem nada a ver com os Jefferson.

– Não tem? – disse Miss Marple. – Foi o sr. Jefferson que avisou a polícia.

– E não é que foi mesmo... Sabe, Jane, isso é *curioso*...

Capítulo 5

I

O coronel Melchett estava diante de um gerente de hotel muito aborrecido. Com ele, estavam o superintendente Harper, da polícia de Glenshire, e o inevitável inspetor Slack... este último bastante incomodado com a usurpação forçada do caso por parte do chefe de polícia.

O superintendente Harper sentia-se inclinado a consolar o sr. Prestcott, que estava quase em lágrimas; o coronel Melchett tendia para uma brutalidade mais direta.

– De nada adianta chorar sobre o leite derramado – falou, ríspido. – A garota está morta, foi estrangulada. Tem sorte de que não foi estrangulada no seu hotel. Isso coloca a investigação em um condado diferente e afeta pouquíssimo o seu estabelecimento. Porém, certos inquéritos precisam ser realizados, e o quanto antes começarmos, melhor. Pode confiar que seremos discretos e usaremos de tato. Então, sugiro que deixe de conversa fiada e vá logo ao que interessa. O que sabe exatamente sobre a garota?

– Não sabia nada sobre ela... nada mesmo. Josie a trouxe para cá.

– Josie trabalha aqui há quanto tempo?

– Dois anos... não, três.

– E gosta dela?

– Sim, Josie é uma boa menina... uma boa menina. Competente. Ela se dá bem com as pessoas e sabe apaziguar os ânimos... Bridge, o senhor sabe, é um jogo de sensibilidades...

O coronel Melchett assentiu, compreensivo. A mulher dele era uma entusiasta, mas péssima jogadora de bridge. O sr. Prestcott prosseguiu:

– Josie sempre foi muito boa em amansar qualquer desentendimento. Sabia lidar com as pessoas... um tanto simpática, mas firme, se entende o que quero dizer.

Mais uma vez, Melchett assentiu. Sabia agora quem a srta. Josephine Turner o lembrara. Apesar da maquiagem e da roupa elegante, havia um toque bem nítido de governanta no jeito dela.

– Dependo dela – continuou o sr. Prestcott. Seus modos tomaram ares pesarosos. – O que ela queria brincando nos rochedos escorregadios daquele jeito tão tolo? Temos uma boa praia aqui. Por que não podia se banhar nela? Resvalando, caindo e quebrando o tornozelo. Não foi justo *comigo*! Pago para que dance, jogue bridge e mantenha as pessoas contentes e entretidas... não para sair dando mergulhos de rochedos e quebrando o tornozelo. As dançarinas têm de proteger os tornozelos delas... não podem se arriscar. Fiquei muito incomodado com isso. Não foi justo com o hotel.

Melchett interrompeu o recital.

– E então ela sugeriu que essa moça, essa prima dela, viesse para cá?

Prestcott assentiu a contragosto.

– Isso mesmo. Pareceu ser uma boa ideia. Veja bem, eu não pagaria nada extra. A moça teria hospedagem e alimentação. Mas, quanto ao salário, isso seria arranjado entre ela e Josie. Foi assim que combinamos. *Eu* não sabia nada sobre a moça.

– Mas ela se saiu bem?

– Ah, sim, não havia nada de errado com ela... nada que chamasse a atenção, enfim. Era muito jovem, claro... talvez um pouco vulgar no estilo para um lugar da nossa categoria, mas com boas maneiras; calma e bem comportada. Dançava bem. As pessoas gostavam dela.

– Bonita?

Era uma pergunta difícil de responder diante da visão do rosto inchado e azul.

O sr. Prestcott ponderou.

– Bonitinha para médio. A cara um pouco de fuinha, se é que me entende. Não seria grande coisa sem maquiagem. Mas, como se arrumava, conseguia se tornar bastante atraente.

– Muitos rapazes fazendo o cerco?

– Sei onde está querendo chegar, senhor – o sr. Prestcott ficou nervoso. – *Eu* nunca presenciei nada. Nada em especial. Um ou dois dos meninos ficaram ao redor dela um pouco... mas fazia parte do trabalho, digamos. Nada do tipo que fosse levar a um estrangulamento. Ela se dava bem com os mais velhos também... tinha um jeito infantil de falar, lembrava muito uma criança, se é que me entende. Eles achavam aquilo divertido.

O superintendente Harper disse com um tom profundo e melancólico:

– O sr. Jefferson, por exemplo?

O gerente concordou.

– Sim, o sr. Jefferson era uma das pessoas de quem me lembrei. Ela costumava se sentar bastante com ele e a família. Ele costumava levá-la para passear de carro às vezes. O sr. Jefferson gosta muito dos jovens e é muito generoso com eles. Não quero que entendam mal, o sr. Jefferson é aleijado; não consegue se mexer muito... vai apenas aonde consegue chegar com sua cadeira de rodas. Mas está sempre interessado em ver os jovens se divertindo... assiste às partidas de tênis, aos banhos de mar e todo o resto... e dá festas para os jovens daqui. Gosta da juventude... e não há nenhuma amargura nele como talvez fosse de se esperar. Um cavalheiro bastante popular e, diria, de um ótimo caráter.

Melchett perguntou:

– E se interessou por Ruby Keene?

– As conversas dela o divertiam, acho.

– A família dele também compartilhava do mesmo carinho?

– Eram sempre agradáveis com ela.

Harper disse:

– E foi ele quem avisou a polícia sobre o desaparecimento?

Esforçara-se para carregar no significado da frase e incluir uma reprovação, à qual o gerente respondeu prontamente.

– Coloque-se no meu lugar, sr. Harper. Não *sonhava*, nem por um segundo, que algo estivesse errado. O sr. Jefferson entrou com ímpeto na minha sala, todo nervoso. A moça não dormira no quarto dela. Não aparecera para fazer a dança na noite anterior. Deveria ter saído para dar uma volta de carro e sofrera um acidente, quem sabe. A polícia deveria ser informada de imediato! Uma investigação deve ser feita! Ele estava alterado; e bastante colérico. Telefonou para a delegacia na mesma hora.

– Sem consultar a srta. Turner?

– Josie não gostou muito, pude perceber. Estava bastante aborrecida com a coisa toda... aborrecida com Ruby, digo. Mas o que ela poderia dizer?

– Acho – disse Melchett – que seria melhor falarmos com o sr. Jefferson. Hein, Harper?

O superintendente Harper concordou.

II

O sr. Prestcott foi com eles até a suíte de Conway Jefferson. Ficava no primeiro andar, com vista para o mar. Melchett falou, descuidado:

– Esse passa bem, hein? É rico?

– De muitas posses mesmo, creio. Não economiza em nada quando vem aqui. Reserva os melhores quartos... a comida em geral é *à la carte*, vinhos caros, tudo do melhor.

Melchett balançou o queixo.

O sr. Prestcott bateu na porta, e uma voz de mulher disse:

– Entre.

O gerente entrou, os outros estavam logo atrás.

O sr. Prestcott demonstrou constrangimento ao falar com a mulher, que, da poltrona à janela, voltou o pescoço quando eles entraram.

– Sinto muito em perturbá-los, sra. Jefferson, mas esses cavalheiros são... da polícia. Estão muito ansiosos para dar uma palavrinha com o sr. Jefferson. Hã... coronel Melchett... superintendente Harper, inspetor... hã... Slack... sra. Jefferson.

A sra. Jefferson assentiu com a cabeça em resposta às apresentações.

Uma mulher sem graça, essa foi a primeira impressão de Melchett. Então, quando um leve sorriso se formou nos lábios dela ao falar, mudou de opinião. Tinha uma voz de um charme e doçura singulares, e seus olhos, de um castanho-claro transparente, eram lindos. Estava vestida de forma discreta, mas que lhe caía bem, e tinha, ele julgou, uns 35 anos.

Ela disse:

– Meu sogro está dormindo. Não é uma pessoa forte, e essa notícia foi um choque terrível para ele.

Tivemos de chamar o médico, que lhe deu um sedativo. Assim que acordar, sei que vai querer falar com vocês. Nesse meio-tempo, quem sabe eu possa ajudá-los? Não querem se sentar?

O sr. Prestcott, ansioso para escapar, disse ao coronel Melchett:

– Bem... hã... se isso for tudo que posso fazer por vocês? – e recebeu com alívio a permissão para partir.

Com o fechar da porta atrás dele, a atmosfera foi imbuída de uma qualidade mais tranquila e sociável. Adelaide Jefferson tinha o poder de criar um clima calmo. Era uma mulher que não parecia jamais dizer nada de notório, mas que se saía bem estimulando as outras pessoas a falarem e fazendo com que se sentissem à vontade. Acertou a nota em cheio quando falou:

– Essa história deixou a todos nós muito chocados. Convivíamos bastante com a pobrezinha, sabem. Parece tão inacreditável. Meu sogro está terrivelmente chateado. Gostava demais de Ruby.

O coronel Melchett disse:

– Foi o sr. Jefferson, pelo que entendo, quem avisou a polícia sobre o desaparecimento?

Queria testar como ela reagiria ao comentário. Percebeu uma pitada, apenas uma pitada... de... incômodo? Preocupação?... Ele não soube precisar, mas havia *algo*, e lhe pareceu que ela claramente se encheu de coragem, como quem precisa levar adiante uma tarefa desagradável, antes de continuar.

Declarou:

– Sim, foi isso mesmo. Sendo inválido, é fácil ele se aborrecer e se preocupar. Tentamos persuadi-lo de que estava tudo bem, de que haveria alguma explicação natural, e de que a própria moça não gostaria que a polícia fosse notificada. Ele insistiu. Bem – ela fez um gesto sutil –, ele estava certo, e nós, errados.

Melchett perguntou:

– Quão bem, exatamente, a senhora conhecia Ruby Keene, sra. Jefferson?

Ela considerou.

– É difícil dizer. Meu sogro é muito afetuoso com os jovens e gosta de tê-los por perto. Ruby era um tipo novo para ele... achava graça e estava interessado na conversa dela. Ela se sentava conosco bastante no hotel, e meu sogro a levava para passear de carro.

A voz dela era quase descompromissada. Melchett pensou consigo: "Ela poderia contar mais, se quisesse".

Propôs:

– Poderia me relatar tudo o que sabe sobre a sequência dos acontecimentos de ontem à noite?

– Certamente, mas há muito pouco que possa ser útil, receio. Depois do jantar, Ruby veio sentar-se conosco no salão. Ficou ali até depois de começarem as danças. Combinamos de jogar bridge mais tarde, mas estávamos esperando por Mark, falo de Mark Gaskell, meu concunhado, que era casado com a filha do sr. Jefferson, sabe, ele tinha umas cartas importantes para escrever, e também por Josie. Ela fecharia o time de quatro conosco.

– Isso acontecia com frequência?

– Era bastante frequente. Ela é uma jogadora de primeira linha, claro, e muito simpática. Meu sogro é um ávido jogador de bridge e sempre que possível gostava de chamar Josie para completar a mesa em vez de convidar um estranho. Naturalmente, como ela tem de organizar as mesas, não pode sempre jogar conosco, mas joga sempre que possível, e como – seus olhos sorriram um pouco – meu padrasto gasta rios de dinheiro no hotel, a gerência fica contente por Josie nos fazer esse agrado.

Melchett perguntou:

– Gosta de Josie?

– Sim, gosto. Está sempre bem-humorada e alegre, trabalha duro e parece gostar do serviço. É esperta, embora não muito culta, e... bem... nunca finge coisa alguma. É natural e não é afetada.

– Por favor, prossiga, sra. Jefferson.

– Como eu dizia, Josie tinha que organizar os quartetos, e Mark estava escrevendo, então Ruby sentou-se e conversou conosco um pouco além do normal. Depois, Josie veio, e Ruby saiu para fazer seu primeiro solo com Raymond, ele é bailarino profissional e jogador de tênis. Voltou para nós depois, bem quando Mark chegou. Então se levantou para dançar com um rapaz, e nós quatro começamos nossa partida de bridge.

Ela parou e fez um gesto delicado e discreto demonstrando incapacidade.

– E isso é tudo que sei! Apenas a vi de relance depois que foi dançar, mas bridge é um jogo de concentração, mal olhei pela divisória de vidro para enxergar o salão de baile. Então, à meia-noite, Raymond foi procurar por Josie, muito aborrecido, e perguntou onde Ruby estava. Josie, naturalmente, tentou fazer com que ele se calasse, mas...

O superintendente Harper interrompeu. Falou em voz baixa:

– Por que "*naturalmente*", sra. Jefferson?

– Bom – hesitou, parecendo, segundo pensou Melchett, um pouco irritada –, Josie não queria que a ausência da garota fosse muito percebida. Ela se considerava responsável de certo modo pela garota. Disse que Ruby provavelmente estava no quarto, que a garota havia comentado mais cedo que estava com uma dor de cabeça... A propósito, não acho que seja verdade; Josie apenas usou aquilo como desculpa. Raymond saiu e telefonou para o quarto de Ruby, mas tudo indica que não obteve resposta e retornou alterado... temperamental, sabe. Josie saiu com ele e tentou acalmá-lo e, no fim, dançou com ele no lugar de Ruby. Muita imprudência da parte dela, porque deu para ver depois que machucara o tornozelo. Ela voltou para nós quando a dança acabou e tentou acalmar o sr. Jefferson. Àquela altura ele já estava todo nervoso. Nós o convencemos no fim a ir se deitar, dissemos que Ruby provavelmente fora dar uma volta de carro e o pneu furou. Foi dormir preocupado e, esta manhã, começou logo a se agitar – ela deu uma pausa. – O resto vocês sabem.

– Obrigado, sra. Jefferson. Agora vou lhe perguntar se faz alguma ideia de quem pode ter feito uma coisa dessas.

Ela saiu dizendo:

– Não faço a menor ideia. Receio que não possa ajudá-los nem um pouco.

Ele pressionou.

– A moça nunca comentou nada? Nada sobre ciúme? Sobre algum homem de quem sentisse medo? Ou com quem tivesse intimidade?

Adelaide Jefferson balançou a cabeça negativamente para cada uma das proposições.

Parecia não haver mais nada que pudesse lhes contar.

O superintendente sugeriu que entrevistassem o jovem George Bartlett e retornassem para falar com o sr. Jefferson mais tarde. O coronel Melchett concordou, e os três homens saíram. A sra. Jefferson prometeu avisar assim que o sr. Jefferson estivesse acordado.

– Boa pessoa – disse o coronel, quando fecharam a porta.

– Uma senhora de fato muito fina – concordou o superintendente Harper.

III

George Bartlett era um jovenzinho magro, esguio, com um pomo de adão proeminente e uma imensa dificuldade em expressar o que pensava. Estava num tal estado de estremecimento que foi difícil conseguir uma declaração calma dele.

– Digo, é terrível, não é? O tipo de coisa que a gente lê nos jornais de domingo... mas a gente nunca pensa que aconteça de verdade, sabe?

– Infelizmente não restam dúvidas, sr. Bartlett – disse o superintendente.

– Não, não, claro que não. Mas parece tão inusitado. E a alguns quilômetros daqui e tudo, em uma casa de campo, não foi? Bem provinciana e tal. Criou uma comoção nas redondezas... então?

O coronel Melchett assumiu o comando.

– Conhecia bem a garota morta, sr. Bartlett?

George Bartlett ficou alarmado.

– Oh, n-n-n-ão tão bem, s-s-senhor. Não, quase nada... se entende o que quero dizer. Dancei com ela uma ou duas vezes... passava o tempo durante o dia, um pouco de tênis, o senhor *entende.*

– O senhor foi, ao que parece, a última pessoa que a viu viva ontem à noite.

– Suponho que tenha sido... não soa terrível? Digo, ela estava perfeitamente bem quando a vi... totalmente.

– Que horas eram isso, sr. Bartlett?

– Bem, sabe, nunca sei a hora direito... não era muito tarde, se me entende.

– Dançou com ela?

– Sim, de fato... bem, sim, dancei. Cedo da noite, porém. Já sei, foi logo depois da dança de apresentação que ela faz com o parceiro profissional. Deve ter sido umas dez, ou dez e meia, ou onze. Não sei.

– A hora não importa. Isso podemos acertar. Por favor, nos diga exatamente o que aconteceu.

– Bem, nós dançamos, sabe. Não que *eu* seja um exímio bailarino.

– A qualidade dos seus passos é irrelevante, sr. Bartlett.

George Bartlett lançou um olhar alarmado para o coronel e gaguejou:

– Não... hã... n-n-não, imagino que não, não é. Então, como dizia, dançamos, foram voltas e mais voltas, e eu falava, mas Ruby não dizia quase nada e bocejava um pouco. Como já disse, não danço muito bem, e as meninas... bem... preferem me dar um desdobre, se é que me entende. Ela falou que estava com dor de cabeça... sei quando tirar meu time de campo, então disse que tudo bem e foi isso.

– Essa foi a última vez que a viu?

– Ela subiu.

– Não mencionou nada sobre se encontrar com alguém? Ou sair para um passeio de carro? Ou que marcara... um encontro? – o coronel se esforçou para usar a expressão coloquial.

Bartlett fez que não.

– Não para mim – ele parecia bastante entristecido. – Só me deu o fora.

– De que jeito ela estava? Parecia ansiosa, distraída, com outra coisa na cabeça?

George Bartlett considerou. Então balançou a cabeça.

– Parecia um pouco entediada. Bocejou, como eu disse. Nada de mais.

O coronel Melchett disse:

– E o que fez, sr. Bartlett?

– Hein?

– O que fez quando Ruby Keene o dispensou?

George Bartlett olhou-o embasbacado.

– Vejamos... o que *foi* que eu fiz?

– Estamos esperando que o senhor nos diga.

– Sim... sim... claro. Bem difícil lembrar das coisas, hã? Deixe-me ver. Não me surpreenderia se tivesse ido ao bar tomar um drinque.

– E *foi* ao bar tomar um drinque?

– Foi isso mesmo. *Tomei* um drinque. Não acho que foi logo em seguida. Tenho a lembrança de ter saído caminhando, sabe? Tomar um ar. Está bem abafado para setembro. É muito melhor ao ar livre. Sim, foi isso. Dei uma caminhada por um tempo, então entrei e tomei um drinque e voltei ao salão de baile. Não havia muita coisa acontecendo. Notei que, como ela se chama mesmo, Josie estava dançando de novo. Com o camarada tenista. Ela estava de licença de saúde, torceu o tornozelo ou algo assim.

– Isso marca o horário do seu retorno para meia-noite. Está querendo nos dar a entender que passou mais de uma hora dando voltas na rua?

– Bem, tomei um drinque, sabe. Estava... bem, estava pensando na vida.

Aquela declaração foi recebida com mais credibilidade do que qualquer outra.

O coronel Melchett indagou, de um jeito brusco:

– Sobre o que estava pensando?

– Ah, não sei. Coisas – respondeu o sr. Bartlett com ar vago.

– Tem um carro, sr. Bartlett?

– Oh, sim, tenho um carro.

– Onde estava, na garagem do hotel?

– Não, estava no pátio, na verdade. Achei que fosse sair para dar uma volta, sabe.

– Talvez tenha saído para dar sua volta?

– Não, não, não saí. Juro que não saí.

– Por exemplo, não levou a srta. Keene para dar uma volta?

– Oh, eu que o diga. Veja bem, aonde o senhor quer chegar? Eu não... juro que não. De verdade, é.

– Obrigado, sr. Bartlett, não acho que haja mais nada no momento. No *momento* – repetiu o coronel Melchett com uma boa dose de ênfase nas palavras.

Deixaram o sr. Bartlett olhando para eles com uma expressão caricata de assombro em seu rosto nada inteligente.

– Um burrico sem cérebro – disse o coronel Melchett. – Ou não era?

O superintendente Harper meneou a cabeça.

– Temos muito chão pela frente – disse.

Capítulo 6

I

Nem o porteiro da noite, nem o barman se mostraram úteis. O porteiro da noite lembrava-se de ter ligado para o quarto da srta. Keene logo depois da meia-noite e não obter resposta. Não percebera o sr. Bartlett saindo ou entrando no hotel. Muitas damas e cavalheiros estavam saindo e entrando, já que a noite estava bonita. E havia portas laterais saindo do corredor além daquela principal. Ele estava bastante seguro de que a srta. Keene não saíra pela porta principal, mas, se houvesse descido do quarto, que ficava no primeiro andar, havia uma escadaria ao lado e uma porta de saída ao final do corredor que levava ao terraço lateral. Ela poderia ter saído por lá, com facilidade, sem ser percebida. Não era trancada até que a dança terminasse, às duas da manhã.

O barman lembrou de o sr. Bartlett ter passado pelo bar na noite anterior, mas não sabia dizer quando. Algo em torno do meio da noite, ele achava.

O sr. Bartlett sentara-se contra a parede e tinha uma aparência um tanto melancólica. Não sabia dizer por quanto tempo ele permanecera ali. Havia muitos visitantes de fora entrando e saindo do bar. Percebera a presença do sr. Bartlett, mas não sabia precisar a hora de jeito nenhum.

II

Ao deixarem o bar, foram abordados por um menininho de uns nove anos de idade. De imediato, começou a falar muito agitado.

– Mas vocês são detetives? Meu nome é Peter Carmody. Foi o meu avô, sr. Jefferson, quem avisou a polícia sobre Ruby. São da Scotland Yard? Não se incomodam que eu esteja falando com vocês, se incomodam?

O coronel Melchett parecia pronto para devolver com uma resposta curta, mas o superintendente Harper interveio. Falou com bondade e sinceridade.

– Está tudo bem, meu filho. Naturalmente esse assunto lhe interessa, imagino?

– Pode apostar. Gosta de histórias de detetives? Eu gosto. Leio todas, tenho autógrafos de Dorothy Sayers, de Agatha Christie e Dickson Carr e H.C. Bailey. O assassinato vai sair no jornal?

– Vai sair no jornal com certeza – confirmou o superintendente Harper, abatido.

– Olha só, volto às aulas na semana que vem e vou contar a todos que eu a conhecia... eu a conhecia *bem*.

– O que achava dela, hein?

Peter considerou.

– Bem, não gostava muito. Acho que era uma garota do tipo meio burro. Minha mãe e o tio Mark também não gostavam muito dela. Só o vovô. Vovô quer falar com vocês, aliás. Edwards está procurando por vocês.

O superintendente Harper murmurou de modo a encorajá-lo:

– Então sua mãe e seu tio Mark não gostavam muito de Ruby Keene? Por que será?

– Ah, não sei. Ela estava sempre se metendo. E não gostavam que o vovô fizesse tanto rebuliço por causa dela. Acho – disse Peter, todo alegre – que estão felizes por ela ter morrido.

O superintendente Harper olhou para o menino, pensativo. Perguntou:

– Chegou a, hã, ouvi-los dizer isso?

– Bem, não exatamente. O tio Mark disse: "Bem, é uma saída de qualquer modo", e mamãe falou: "Sim, mas tão horrível", e o tio Mark disse que não adiantava nada ser hipócrita.

Os homens se entreolharam. Naquele momento, um homem respeitável, bem barbeado e bem-vestido em sarja azul, aproximou-se.

– Desculpem-me, cavalheiros. Sou criado do sr. Jefferson. Ele acordou e me pediu que os encontrasse, está muito ansioso para vê-los.

Mais uma vez, subiram até a suíte de Conway Jefferson. Na sala de estar, Adelaide Jefferson conversava com um homem alto e inquieto que caminhava, nervoso, de um lado a outro da sala. Ele deu uma meia-volta abrupta para ver os recém-chegados.

– Ah, sim. Que bom que vieram. Meu sogro estava perguntando por vocês. Ele já acordou. Vão ajudar a acalmá-lo, não vão? A saúde dele não anda bem. É um milagre, de fato, que esse choque não tenha acabado com ele.

Harper disse:

– Não fazia ideia de que sua saúde estava tão ruim.

– Ele próprio não sabe disso – afirmou Mark Gaskell. – É o coração, entendem. O doutor advertiu Addie de que ele não poderia ficar muito agitado ou se assustar. Mais ou menos deu a entender que o fim pode chegar a qualquer momento, não foi, Addie?

A sra. Jefferson assentiu. Ela disse:

– É incrível que ele tenha aguentado firme desse jeito.

Melchett falou, sem rodeios:

– Um assassinato não pode ser descrito como um incidente tranquilizador. Seremos cautelosos dentro do possível.

Ele avaliou Mark Gaskell enquanto falava. Não gostou muito do sujeito. Uma expressão ousada, inescrupulosa, com traços de gavião. Um daqueles homens que em geral fazem tudo do seu jeito e a quem as mulheres com frequência admiram.

"E não é o tipo de camarada em quem confio", pensou consigo o coronel.

Inescrupuloso; essa era a palavra certa.

Do tipo de sujeito que não hesita diante de nada...

III

No quarto grande, com vista para o mar, Conway Jefferson estava sentado em sua cadeira de rodas à janela.

Assim que se estava em sua presença, o poder e o magnetismo do homem eram perceptíveis. Era como se as lesões que o aleijaram tivessem concentrado a vitalidade de seu corpo despedaçado em um foco mais restrito e mais intenso.

Tinha uma bela cabeça, o ruivo dos cabelos era um pouco grisalho. O rosto era marcado e forte, bem queimado de sol, com olhos de um azul assombroso. Não havia sinal de doença ou fraqueza nele. As linhas profundas do rosto eram rugas de sofrimento, não de fraqueza. Ali estava um homem que jamais esbravejaria contra o destino, mas o aceitaria e seguiria rumo à vitória.

Disse:

– Que bom que vieram – seus olhos rápidos absorveram a imagem dos detetives. Disse a Melchett: – É o chefe de polícia de Radfordshire? Certo. E o senhor é o superintendente Harper? Sentem-se. Há cigarros na mesa ao lado.

Agradeceram e se sentaram. Melchett disse:

– Entendo, sr. Jefferson, que estava interessado na moça morta.

O lampejo rápido de um sorriso retorcido apareceu no rosto enrugado.

– Sim... todos já lhes disseram isso! Bem, não é segredo. O quanto minha família lhes contou?

Olhou rapidamente de um para outro ao fazer a pergunta.

Foi Melchett quem respondeu.

– A sra. Jefferson nos contou muito pouco além do fato de que a conversa da moça o divertia e que estava se tornando uma protegida sua. Trocamos apenas uma meia dúzia de palavras com o sr. Gaskell.

Conway Jefferson sorriu.

– Addie é uma criatura discreta, que Deus a abençoe. É provável que Mark fosse mais direto. Acho, Melchett, que seria melhor contar-lhes alguns fatos em detalhes. É importante, a fim de que possam entender minha atitude. E, para começar, é necessário que eu volte à grande tragédia da minha vida. Oito anos atrás, perdi minha esposa, meu filho e minha filha em um acidente aéreo. Desde então, sou um homem que perdeu metade de si mesmo, e não estou falando de minha condição física! Sempre fui um homem de família. Minha nora e meu genro têm sido muito bons para mim. Fazem tudo o que podem para substituir o sangue do meu sangue. Mas percebi, especialmente nos últimos tempos, que eles têm, afinal, suas próprias vidas para viver.

"Então, precisam entender que, em essência, sou um homem solitário. Gosto dos jovens, sei apreciá-los. Uma ou duas vezes cogitei adotar alguma menina ou menino. No decorrer do último mês, fiquei muito próximo da garota que foi morta. Ela era absolutamente espontânea, de uma ingenuidade absoluta. Tagarelava sobre a vida e as experiências que viveu fazendo mímica, viajando com companhias mambembes, sobre a mãe e o pai dela, quando criança vivendo em casas humildes. Uma vida tão diferente daquela que conheci! Nunca reclamava, nunca via aquilo como sórdido. Era só uma criança natural, resignada, que trabalhava duro, nada mimada e encantadora. Talvez não fosse uma dama, mas, graças a Deus, também não era vulgar nem... aquela palavra abominável: 'refinada'.

"Fui ficando mais e mais afeiçoado a Ruby. Decidi, cavalheiros, que a adotaria legalmente. Ela se tornaria, por lei, minha filha. Isso, espero, explica minha preocupação com ela e as medidas que tomei quando fiquei sabendo de seu desaparecimento sem explicação."

Houve uma pausa. Então o superintendente Harper, com seu tom impassível destituindo a pergunta de qualquer possível ofensa, indagou:

– Posso lhe perguntar o que seu genro e sua nora pensavam do assunto?

A resposta de Jefferson veio rápida:

– O que poderiam dizer? Talvez não gostassem muito. É o tipo de coisa que gera preconceitos. Mas comportaram-se muito bem... sim, muito bem. Não é como se, entendam, eles dependessem de mim. Quando meu filho Frank se casou, passei para ele metade das minhas posses na hora. Acredito nisso. Não faça seus filhos esperarem até que você morra. Eles querem o dinheiro quando ainda são jovens, não quando estão na meia-idade. Da mesma forma, quando minha filha Rosamund insistiu em se casar com um homem pobre, transferi uma grande soma em dinheiro para o nome dela. Essa soma passou para o marido com a morte dela. Então, veja, simplifiquei as coisas pelo aspecto financeiro.

– Entendo, sr. Jefferson – disse o superintendente Harper.

Mas havia certa reserva em seu tom de voz. Conway Jefferson não deixou escapar.

– Mas não concorda, hã?

– Não cabe a mim dizer nada, senhor, mas os parentes, na minha experiência, nem sempre agem de forma sensata.

– Ouso dizer que está certo, superintendente, mas deve lembrar que o sr. Gaskell e a sra. Jefferson não são, estritamente falando, minha *família*. Não temos parentesco de sangue.

– Isso, claro, faz diferença – admitiu o superintendente.

Por um momento, os olhos de Conway Jefferson brilharam. Disse:

– Isso não quer dizer que não me acharam um velho tonto! Essa *seria* a reação de qualquer pessoa. Mas eu não estava sendo tonto. Conheço o caráter das pessoas. Com educação e um bom polimento, Ruby Keene poderia encontrar seu espaço em qualquer lugar.

Melchett disse:

– Receio que esteja sendo bastante impertinente e inquisitivo, mas é importante que obtenhamos todos os fatos. O senhor propôs prover por completo a menina, ou seja, passar dinheiro para o nome dela, mas ainda não o fizera?

Jefferson respondeu:

– Entendo onde está querendo chegar: a possibilidade de que alguém fosse se beneficiar com a morte da moça. Mas ninguém poderia. As formalidades necessárias para uma adoção legal estavam correndo, mas não haviam ainda sido completadas.

Melchett disse devagar:

– Então, se algo acontecesse com o senhor...?

Não completou a frase, deixando a pergunta em suspenso. Conway Jefferson respondeu rápido.

– Nada vai me acontecer! Sou aleijado, mas não sou inválido. Embora os médicos *adorem* fazer caras feias e dar conselhos para eu não exagerar em nada. Não exagerar! Sou forte como um touro! Ainda assim, tenho consciência das fatalidades da vida... meu Deus, tenho motivos para tanto! Uma morte súbita pode acontecer com o mais forte dos homens, em especial nesses dias de mortes nas estradas. Mas já cuidei disso. Fiz um novo testamento uns dez dias atrás.

– Foi? – o superintendente Harper inclinou-se para a frente.

– Deixei a quantia de cinquenta mil libras em um *trust* para Ruby Keene até que completasse 25 anos, quando teria direito ao principal.

Os olhos do superintendente se arregalaram. E também os do coronel Melchett. Harper disse, em um tom quase admirado:

– Essa é uma quantia bem grande de dinheiro, sr. Jefferson.

– Nos dias de hoje, sim, é.

– E estava deixando isso para uma moça que conhecera há poucas semanas?

Um lampejo de raiva brilhou nos olhos de vívido azul.

– Preciso repetir a mesma coisa sem parar? Não tenho parentescos de sangue, não tenho sobrinhas ou sobrinhos, nem mesmo primos distantes! Poderia ter deixado para caridade. Prefiro deixar para um indivíduo – ele riu. – Cinderela se transformou em princesa da noite para o dia! Um fado-padrinho em vez de uma fada-madrinha. Por que não? O dinheiro é *meu. Eu* ganhei.

O coronel Melchett perguntou:

– Estava deixando alguma outra herança?

– Um pequeno legado para Edwards, meu criado, e o restante para Mark e Addie em partes iguais.

– Seria o caso, me perdoe, de a soma restante chegar a ser uma quantia considerável?

– É provável que não. É difícil dizer com exatidão, os investimentos oscilam o tempo todo. A soma envolvida, depois de terem sido pagos os impostos de transmissão e todos os gastos, chegaria provavelmente a algo entre cinco e dez mil líquidos.

– Sei.

– E não precisam achar que eu os estava tratando mal. Como eu disse, dividi meus bens quando meus filhos se casaram. Deixei para mim, na verdade, uma quantia bem pequena. Mas, depois da tragédia, queria algo para ocupar minha cabeça. Eu me joguei nos negócios. Na minha casa em Londres, tinha uma linha particular conectando meu quarto ao escritório. Trabalhei duro, aquilo me ajudava a não pensar muito e me fazia sentir que minha... minha mutilação não havia me derrotado. Eu me atirei ao trabalho – a voz dele tomou um ar mais profundo, falou mais para si do que para seus interlocutores –, e, por uma sutil ironia, tudo prosperou! Minhas especulações mais loucas foram um sucesso. Se jogasse, ganhava. Tudo que eu tocava virava ouro. A forma irônica que o destino encontrou para equilibrar as contas, suponho.

As rugas de sofrimento se salientaram de novo no rosto.

Recompondo-se, sorriu sem graça para eles.

– Então, vejam, a soma em dinheiro que deixei para Ruby era indiscutivelmente minha para fazer com ela o que bem entendesse.

Melchett disse, rápido:

– Sem dúvida, meu caro senhor, não estamos questionando isso em momento algum.

Conway Jefferson disse:

– Que bom. Agora é minha vez de fazer algumas perguntas, se puder. Quero entender melhor essa história terrível. Tudo que sei é que ela, que a pequena Ruby, foi encontrada estrangulada em uma casa a trinta quilômetros daqui.

– Isso é correto. Em Gossington Hall.

Jefferson franziu o cenho.

– Gossington? Mas essa é...

– A casa do coronel Bantry.

– Bantry! *Arthur Bantry*? Mas eu o conheço. Conheço o coronel e a mulher! Fomos apresentados no exterior alguns anos atrás. Não me dei conta de que moravam nessa parte do mundo. Ora, é...

Ele não terminou. O superintendente Harper interpelou com diplomacia:

– O coronel Bantry esteve jantando aqui no hotel na terça-feira da semana passada. Não o viu?

– Terça? Terça? Não, nós voltamos tarde. Fomos até Harden Head e jantamos no caminho de volta.

Melchett disse:

– Ruby Keene nunca mencionou os Bantry para o senhor?

Jefferson balançou a cabeça.

– Nunca. Não creio que os conhecesse. Claro que não. Não conhecia ninguém, a não ser pelo pessoal de teatro e esse tipo de coisa.

Fez uma pausa e perguntou de repente:

– O que Bantry teve a dizer sobre isso?

– Não sabe como explicar nada. Saíra para uma reunião dos conservadores ontem à noite. O corpo foi descoberto pela manhã. Disse que nunca vira a moça antes na vida.

Jefferson assentiu e disse:

– Com certeza parece fantástico.

O superintendente Harper limpou a garganta. Disse:

– Faz alguma ideia, senhor, de quem pode ter feito isso?

– Meu Deus, queria fazer! – as veias se destacaram na testa. – É incrível, inimaginável! Diria que não poderia ter acontecido se não tivesse acontecido!

– Não há nenhum amigo dela, de sua vida pregressa, nenhum homem que a ficasse rodeando ou fazendo ameaças?

– Tenho certeza que não. Teria me contado se fosse assim. Ela nunca teve um namorado "sério". Ela mesma me disse.

O superintendente Harper pensou: "Sim, é claro que foi *isso* que ela disse! Mas pode bem ser!".

Conway Jefferson continuou:

– Josie saberia melhor que ninguém se houvesse algum homem rodeando Ruby ou perturbando. Ela não pode ajudar?

– Ela disse que não.

Jefferson disse, franzindo a testa:

– Não consigo deixar de sentir que é obra de um maníaco, a brutalidade do método, invadindo uma casa de campo, a coisa toda tão desconectada e sem sentido. Existem homens desse tipo, homens que aparentam sanidade, mas que ludibriam as moças, às vezes crianças, para levarem-nas para longe e as matarem. Crimes sexuais, de fato, suponho.

Harper disse:

– Ah, sim, existem casos do tipo, mas não temos conhecimento de ninguém assim operando nessas redondezas.

Jefferson continuou:

– Pensei e repensei nos vários homens que vi na companhia de Ruby. Hóspedes daqui e forasteiros; homens com quem ela dançou. Todos pareciam bastante inofensivos, o tipo usual. Não tinha nenhuma amizade especial com ninguém.

A expressão do superintendente Harper permaneceu impassível, mas, imperceptível a Conway Jefferson, havia ainda um brilho especulativo em seu olhar.

Era bastante possível, pensou, que Ruby Keene tivesse algum amigo especial mesmo que Conway Jefferson não soubesse disso.

No entanto, não falou nada. O chefe de polícia dirigiu-lhe um olhar inquisitivo, então se pôs de pé. Falou:

– Obrigado, sr. Jefferson. É tudo de que precisamos para o momento.

Jefferson disse:

– Vão me manter informado de seus progressos?

– Sim, sim, manteremos contato com o senhor.

Os dois saíram.

Conway Jefferson recostou-se na poltrona.

Suas pálpebras se fecharam, ocultando o azul intenso dos olhos. De repente, ele parecia um homem muito cansado.

Então, depois de um ou dois minutos, as pálpebras estremeceram. Chamou:

– Edwards!

Da sala ao lado, o criado atendeu em seguida. Edwards conhecia seu patrão como ninguém. Os outros, até mesmo os mais próximos, sabiam apenas de sua força. Edwards conhecia suas fraquezas. Já vira Conway Jefferson cansado, desencorajado, esgotado com a vida, derrotado momentaneamente pela enfermidade e a solidão.

– Pois não, senhor?

Jefferson disse:

– Entre em contato com o sr. Henry Clithering. Mora em Melborne Abbas. Peça, da minha parte, que venha para cá ainda hoje, se puder, em vez de amanhã. Diga que é urgente.

Capítulo 7

I

Quando estavam do lado de fora da porta de Jefferson, o superintendente Harper comentou:

– Bem, em todo caso, temos um motivo, senhor.

– Hmm – resmungou Melchett. – Cinquenta mil libras, hein?

– É, senhor. Já mataram por muito menos do que isso.

– Sim, mas...

O coronel Melchett deixou a frase incompleta. Harper, no entanto, compreendeu.

– Não acha que seja provável neste caso? Bem, eu também não, tenho essa impressão. Mas precisamos levar em conta mesmo assim.

– Ah, lógico.

Harper continuou:

– Se, como disse o sr. Jefferson, o sr. Gaskell e a sra. Jefferson já estão bem amparados e de posse de uma boa renda, bem, não é provável que decidissem cometer um assassinato brutal.

– É por aí. A situação financeira deles deverá ser investigada, claro. Não posso dizer que gosto muito da aparência desse Gaskell, parece um sujeito ávido, inescrupuloso, mas isso está longe de fazer dele um assassino.

– Ah, sim, senhor, como digo, não acho *provável* que seja nenhum deles e, pelo que Josie falou, não vejo como seria humanamente possível. Estavam os dois jogando bridge das vinte para as onze até meia-noite. Não, na minha cabeça há outra possibilidade bem mais viável.

Melchett disse:

– Um namorado de Ruby Keene?

– Isso mesmo, senhor. Algum rapazote descontente, não muito bom da cabeça, talvez. Alguém, eu diria, que ela conheceu antes de vir para cá. Esse esquema da adoção, se ele ficou sabendo, pode ter esmorecido as coisas. Viu que a perderia, viu que seria levada para uma nova esfera de vida, então enlouqueceu e ficou cego de raiva. Conseguiu fazer com que ela saísse para encontrá-lo ontem à noite, discutiu com ela, perdeu a cabeça completamente e deu um fim na menina.

– E como ela foi parar na biblioteca dos Bantry?

– Acho que é exequível. Haviam saído, digamos, no carro dele. Ele caiu em si, percebeu o que fizera, e seu primeiro pensamento foi de como se livraria do corpo. Digamos que estivessem próximos dos portões de um casarão naquela hora. A ideia lhe ocorre: se fosse encontrada lá, toda atenção pública ficaria centrada na casa e em seus ocupantes, deixando-o tranquilamente de fora da história. Ela não pesa quase nada. Seria fácil carregá-la. Tem um cinzel no carro. Força a janela e a atira no tapete. Sendo um caso de estrangulamento, não há sangue ou resíduos que possam comprometê-lo no carro. Vê o que quero dizer, senhor?

– Ah, sim, Harper, é tudo perfeitamente possível. Mas ainda há uma coisa a ser feita. *Cherchez l'homme.*

– Como? Ah, muito bom, senhor.

O superintendente Harper, com tato, aplaudiu a piada de seu superior, embora, devido à excelência do sotaque francês de coronel Melchett, o sentido das palavras quase lhe escapara.

II

– Oh, hã, digo, hã... p-posso falar com vocês um instante?

Era George Bartlett que agora emboscava os dois; o coronel Melchett, que não se interessava pelo sr. Bartlett e estava ansioso para ver como Slack dera continuidade às investigações no quarto da vítima e o interrogatório das camareiras, latiu com força:

– Bem, o que é... o que é?

O jovem sr. Bartlett recuou uns dois passos, abrindo e fechando a boca e sem querer imitando um peixe no aquário.

– Bem, hã... talvez não seja importante... achei que deveria falar com vocês. Para falar a verdade, não consigo achar meu carro.

– Como assim, não consegue achar seu carro?

Gaguejando bastante, o sr. Bartlett explicou que o que queria dizer era que não conseguia encontrar o carro.

O superintendente Harper disse:

– Está dizendo que foi roubado?

George Bartlett retornou, aliviado, ao tom de voz mais plácido.

– Bem, é bem isso, sabe. Digo, não dá para saber, dá? Digo, alguém pode ter saído para dar uma volta, sem ter má intenção, se é que me entende.

– Quando foi a última vez que o viu, sr. Bartlett?

– Bem, estava tentando me lembrar. Engraçado como é difícil lembrar de qualquer coisa, não é?

O coronel Melchett falou com frieza:

– Não, eu diria, para uma inteligência normal. Compreendi que o senhor havia dito há pouco que estava no pátio do hotel ontem à noite...

O sr. Bartlett teve coragem suficiente para interromper. Disse:

– É isso mesmo... estava?

– Que quer dizer com "estava"? O senhor afirmou que *estava.*

– Bem... digo, *achei* que estivesse. Digo... bem, não saí para olhar, não vê?

O coronel Melchett suspirou. E reuniu toda a paciência que tinha. Disse:

– Vamos esclarecer uma coisa. Quando foi a última vez em que você viu... *viu* de fato o seu carro? Que modelo é, aliás?

– Um Minoan 14.

– E o viu pela última vez... quando?

O pomo de adão de George Bartlett sacudia em convulsões para cima e para baixo.

– Andei pensando. Estava com ele antes do almoço de ontem. Queria sair à tarde. Mas não sei como, sabe como é, acabei indo dormir em vez disso. Então, depois do chá, joguei uma partida de squash e tal e tomei um banho depois.

– E o carro estava então no pátio do hotel?

– Suponho que sim. Digo, foi ali que o deixei. Pensei, sabe, que levaria alguém para passear. Depois do jantar, digo. Mas não foi minha noite de sorte. Nada deu certo. Não fui buscar a carroça para sair.

Harper disse:

– Mas, até onde o senhor sabia, o carro continuava no pátio?

– Bem, naturalmente, digo, se estacionei lá... né?

– Teria notado se não *estivesse* mais lá?

O sr. Bartlett meneou a cabeça.

– Acho que não, sabe. Tantos carros entrando e saindo e tal. Um monte de Minoans.

O superintendente Harper assentiu. Ele acabara de lançar um olhar casual pela janela. Havia, naquele momento, nada menos que oito Minoan 14 no pátio, era o carro popular e barato do ano.

– Não tem o hábito de guardar o carro à noite? – perguntou o coronel Melchett.

– Em geral não me dou o trabalho – disse o sr. Bartlett. – Com o tempo bom assim, sabe. É tão chato ter de guardar o carro na garagem.

Olhando de relance para o coronel Melchett, o superintendente Harper disse:

– Encontro o senhor lá em cima. Vou só chamar o sargento Higgins para pegar os detalhes com o sr. Bartlett.

– Certo, Harper.

O sr. Bartlett murmurou, melancólico:

– Achei melhor avisar vocês, sabe. Podia ser importante, né?

III

O sr. Prestcott fornecera acomodações e refeições à sua dançarina adicional. Qualquer que fosse o plano das refeições, as acomodações eram as mais pobres que o hotel possuía.

Josephine Turner e Ruby Keene ocupavam quartos na ponta extrema de um corredorzinho vil e imundo. Os quartos eram pequenos, voltados para o norte, de frente para o penhasco que contornava os fundos do hotel, e estavam mobiliados com sobras daqui e dali, peças que um dia, alguns trinta anos antes, representavam luxo e magnificência nas melhores suítes. Então, quando o hotel fora modernizado e os quartos receberam armários embutidos, aqueles guarda-roupas grandes, vitorianos, de carvalho e mogno, foram relegados aos quartos ocupados pelos empregados residentes no hotel ou oferecidos a hóspedes no auge da temporada quando todo o restante do hotel fica lotado.

Como Melchett reparou de imediato, a posição do quarto de Ruby Keene era ideal para o propósito de deixar o hotel sem ser vista, e era particularmente infeliz do ponto de vista de jogar uma luz sobre as circunstâncias de sua partida.

Ao final do corredor, havia uma pequena escadaria que descia a outro corredor igualmente obscuro no térreo. Ali havia uma porta de vidro que dava para o terraço lateral do hotel, um terraço não frequentado, sem vista. Dali, chegava-se ao terraço principal, em frente, ou era possível descer por um caminho tortuoso e sair em uma alameda que, eventualmente, se unia à estrada do penhasco mais adiante. Como a pavimentação era ruim, era pouco usada.

O inspetor Slack estivera ocupado atormentando as camareiras e examinando o quarto de Ruby em busca de pistas. Ele dera sorte ao encontrar o quarto no exato mesmo estado em que fora deixado na noite anterior.

Ruby Keene não tinha o hábito de acordar cedo. Seu procedimento de costume, Slack descobriu, era dormir até as dez ou dez e meia e então levantar-se para tomar o café da manhã. Por consequência disso, como Conway Jefferson começara a alardear a gerência muito cedo, a polícia se encarregou da situação antes que as camareiras tocassem no quarto. Elas, na verdade, nem chegaram a passar pelo corredor. Os outros quartos ali, naquela época do ano, eram abertos e limpos apenas uma vez por semana.

– No mínimo isso já ajuda bastante – Slack explicou desanimado. – Significa que se *houvesse* algo para ser encontrado, encontraríamos, mas não há nada.

A polícia de Glenshire já examinara o quarto em busca de digitais, mas não encontrara nenhuma que fosse estranha. Havia as da própria Ruby, de Josie e duas das camareiras, uma do turno da manhã, outra da noite. Havia também algumas deixadas por Raymond Starr, mas essas eram explicadas pela história de que ele subira com Josie para procurar por Ruby quando ela não apareceu para a apresentação da meia-noite.

Havia uma pilha de cartas e tranqueiras em geral nos escaninhos da maciça escrivaninha em mogno do canto. Slack estivera examinando tudo com cuidado. Mas não encontrou nada de natureza sugestiva. Contas, recibos, programas de teatro, ingressos de cinema, recortes de jornal, dicas de beleza rasgadas de revistas. Entre as cartas, havia algumas de "Lil", aparentemente uma amiga do Palais de Danse, contando vários casos e fofocas, dizendo que sentiam "muita saudade de Rube. O sr. Findeison perguntava por ela com frequência! Tão chateado que ele anda! O jovem Reg se emparceirou com a May desde que você foi embora. Barny pergunta por você vez ou outra. As coisas estão como de costume. O velho Grouser ainda segue malvado como sempre com as meninas. Ralhou com a Ada por estar saindo com um sujeito".

Slack anotara com cuidado todos os nomes mencionados. Seriam investigados, e era possível que alguma informação útil viesse à tona. O coronel Melchett concordou com tudo; e também o superintendente Harper, que se juntara a eles. Fora isso, o quarto tinha pouco a oferecer em termos de informação.

Atravessado sobre uma cadeira no meio do quarto, estava o vestido rosa de dança que Ruby usara mais cedo naquela noite com o par de sapatos de salto em cetim rosa chutados com descuido no chão. Duas meias de seda transparentes estavam enroladas em uma bola e atiradas no canto. Uma delas tinha um fio corrido. Melchett lembrou-se de que a moça estava com as pernas e os pés descobertos. Isso, Slack descobriu, era o costume dela. Ela usava maquiagem nas pernas em vez de meias e só às vezes vestia meias para dançar, como forma de conter os gastos. A porta do roupeiro estava aberta e exibia uma variedade de vestidos de noite bastante chamativos com uma fileira de sapatos logo abaixo. Havia algumas peças íntimas sujas no cesto de roupas, algumas unhas cortadas, lenços faciais usados e pedaços de algodão manchados de ruge e esmalte no cestinho de lixo; na verdade, nada fora do comum! Os fatos pareciam evidentes. Ruby Keene subira apressada, trocara de roupa e saíra apressada de novo... *para onde*?

Josephine Turner, que deveria saber mais da vida de Ruby e conhecer seus amigos, se provara incapaz de ajudar. Mas isso, conforme assinalou o inspetor Slack, poderia ser natural.

– Se o que me diz é verdade, senhor, sobre essa história da adoção, digo... bem, Josie seria a favor de Ruby romper com qualquer amizade antiga que ela tivesse e que pudesse atrapalhar as chances dela, digamos. Do modo como estou vendo, esse cavalheiro inválido fica todo entusiasmado porque Ruby Keene é uma figura tão doce, inocente e infantil. Agora, suponha que Ruby tenha um namorado durão, isso o velho não vai aceitar tão bem. Então é tarefa de Ruby manter a história no escuro. Josie não sabe mesmo muito sobre a menina, não sabe dos amigos e tal. Mas uma coisa que não vai engolir é Ruby estragando as coisas por levar adiante um romance com algum sujeito indesejável. Então faz sentido que Ruby (que, para mim, era uma pequena espertalhona!) mantivesse segredo se estivesse se encontrando com qualquer velho amigo. Não deixaria Josie perceber nada, do contrário, Josie diria: "Não, não vai mesmo, menina". Mas sabe como são as garotas... especialmente as novinhas, sempre prontas para fazerem papel de bobas por conta de um sujeito durão. Ruby quer vê-lo. Ele vem aqui, fica injuriado com a coisa toda e torce o pescoço da menina.

– Imagino que esteja certo, Slack – disse o coronel Melchett, disfarçando sua costumaz repugnância pelo jeito desagradável que Slack tinha de expor as coisas. – Se for assim, poderemos descobrir a identidade desse amigo durão com bastante facilidade.

– Deixe comigo, senhor – disse Slack, com sua autoconfiança usual. – Vou atrás dessa moça "Lil" no Palais de Danse, revirá-la do avesso. Logo chegaremos à verdade.

O coronel Melchett ficou se perguntando se chegariam. A energia e hiperatividade de Slack sempre o deixavam cansado.

– Há outra pessoa com quem pode conseguir uma pista, senhor – prosseguiu Slack –; é o camarada bailarino e tenista profissional. Deve ter convivido bastante com ela e saberia mais do que Josie. É bem provável que ela tenha soltado a língua com ele.

– Já discuti o assunto com o superintendente Harper.

– Que bom, senhor. Passei um pente *finíssimo* nas camareiras! Não sabem de nada. Desprezavam essas duas, pelo que pude observar. Matavam o serviço tanto quanto podiam. A última vez que a camareira entrou aqui foi às sete da noite ontem, quando ajeitou a cama, puxou as cortinas e arrumou um pouco. Há um banheiro ao lado, quer ver?

O banheiro ficava situado entre o quarto de Ruby e outro um pouco maior ocupado por Josie. Foi esclarecedor. O coronel Melchett calou-se maravilhado com a quantidade de auxílios de beleza que as mulheres podem utilizar. Fileiras de potes de creme facial, de limpeza, de tirar manchas, de nutrir a pele! Caixas de pó de arroz em diferentes tons. Uma pilha desajeitada de todo tipo de batom. Cremes para o cabelo e tratamentos para "clarear". Cílios pretos, rímel, pigmento azul para usar sob os olhos, pelo menos doze tons diferentes de esmalte, lenços de papel, bolas de algodão, esponjas sujas de aplicar pó. Tubos de loções, adstringente, tônico, calmante etc.

– Está me dizendo – murmurou com a voz débil – que as mulheres usam todas essas coisas?

O inspetor Slack, que sempre sabia de tudo, foi gentil ao esclarecer.

– Na vida privada, senhor, digamos, uma dama tem uma ou duas cores diferentes que usa para a noite ou para o dia. Sabem o que lhes cai bem e ficam com aquelas. Mas essas profissionais precisam causar impacto, como se diz. Fazem apresentações de dança e uma noite é tango, na outra uma dança vitoriana, na outra uma dança do tipo apache e então uma valsa tradicional, e, claro, a maquiagem delas varia bastante.

– Deus meu! – exclamou o coronel. – Não admira que as pessoas que fabricam esses cremes e pastas ganhem uma fortuna.

– Dinheiro fácil, é o que é – disse Slack. – Dinheiro fácil. Têm de gastar um pouco com anúncios, claro.

O coronel Melchett desviou os pensamentos do enigma fascinante e permanente dos adornos femininos. Disse a Harper, que acabava de se juntar a eles:

– Temos ainda esse camarada da dança. Seu alvo, superintendente?

– Suponho que sim, senhor.

Ao descerem, Harper perguntou:

– O que achou da história do sr. Bartlett?

– Sobre o carro? Acho, Harper, que precisamos ficar de olho naquele rapaz. Essa história não me cheira bem. Suponha que tenha levado Ruby Keene para passear naquele carro ontem à noite, no fim das contas?

IV

O jeito do superintendente Harper era lento, agradável e absolutamente descomprometido. Esses casos nos quais as polícias de dois condados precisavam colaborar sempre eram difíceis. Gostava do coronel Melchett e considerava-o um chefe de polícia muito capaz, mas mesmo assim estava aliviado em estar conduzindo aquela entrevista sozinho. Sua regra básica era nunca fazer muita coisa ao mesmo tempo. Fazer um simples interrogatório de rotina da primeira vez. Isso deixava as pessoas aliviadas e predispostas a se resguardarem menos na próxima conversa que se tivesse com elas.

Harper já conhecia Raymond Starr de vista. Um sujeito de ótima aparência, alto, ágil e bonito, com dentes muito brancos e o rosto bem bronzeado. Era moreno e elegante. Tinha um jeito agradável, simpático, e era muito popular no hotel.

– Receio que não possa ajudar muito, superintendente. Conhecia Ruby bastante bem, claro. Ela está aqui faz mais de mês e praticamos nossas danças juntos e tal. Mas não há de fato muito a dizer. Era uma moça muito agradável e bastante burra.

– É em relação às amizades dela que estamos ansiosos para saber mais. As amizades masculinas.

– Assim entendo. Bem, *eu* não sei de nada! Tinha alguns rapazotes atrás dela no hotel, mas nada especial. Veja bem, era quase sempre monopolizada pela família Jefferson.

– Sim, a família Jefferson – Harper fez uma pausa meditativa. Lançou um olhar arguto para o rapaz. – O que achava daquela história, sr. Starr?

Raymond Starr respondeu sem alarme:

– Que história?

Harper emendou:

– Sabia que o sr. Jefferson estava se propondo a adotar Ruby Keene legalmente?

Aquilo pareceu ser novidade para Starr. Repuxou os lábios e assoviou. Disse:

– Aquela diabinha esperta! Ah, bem, não há ninguém mais tolo do que um velho tolo.

– É o que lhe parece, é?

– Bem, o que mais se pode dizer? O velhote queria adotar alguém, por que não pegou uma garota de sua própria classe?

– Ruby Keene nunca mencionou o assunto?

– Não, não mencionou. Sabia que estava nas nuvens com alguma coisa, mas não sabia o quê.

– E Josie?

– Oh, acho que Josie devia saber o que estava se armando. É provável que tenha sido ela quem planejou tudo. Josie não é boba. Aquela sabe usar a cabeça.

Harper assentiu. Foi Josie quem mandara buscar Ruby Keene. Josie, sem dúvida, encorajara a intimidade. Não admira que estivesse chateada quando Ruby falhou em aparecer para sua dança naquela noite, e Conway Jefferson entrou em pânico. Podia visualizar seu plano dando errado.

Perguntou:

– Ruby sabia guardar um segredo, o senhor acha?

– Tanto quanto qualquer um. Não falava muito da vida dela.

– Alguma vez lhe disse alguma coisa, qualquer coisa, sobre algum amigo dela, alguém do passado que estaria vindo visitá-la aqui, ou com quem tivesse dificuldades? Sabe o tipo de coisa a que me refiro, sem dúvida.

– Sei muito bem. Bom, até onde sei, não havia ninguém do tipo. Nada que ela tenha contado sugeria isso.

– Obrigado, sr. Starr. Agora, pode me contar em suas próprias palavras o que exatamente aconteceu ontem à noite?

– Com certeza. Ruby e eu fizemos nossa dança das dez e meia...

– Nenhum sinal de nada fora do comum com ela naquele momento?

Raymond considerou.

– Acho que não. Não reparei no que aconteceu depois. Tinha minhas próprias parcerias com que me preocupar. Lembro-me de ter notado que ela não estava no salão. À meia-noite, não apareceu. Fiquei muito incomodado e fui falar com Josie. Ela estava jogando bridge com os Jefferson. Não fazia ideia de onde Ruby estava, e acho que levou um certo susto. Notei que lançou um olhar rápido e ansioso na direção do sr. Jefferson. Convenci a banda a tocar mais uma música e fui até o escritório pedir que ligassem para o quarto de Ruby. Não houve resposta. Voltei para falar com Josie. Ela sugeriu que Ruby talvez estivesse dormindo no quarto. Uma sugestão idiota, com certeza, mas era destinada aos Jefferson, claro! Saiu dali comigo e disse que subiríamos juntos.

– Sim, sr. Starr. E o que ela disse quando estavam a sós?

– Do que lembro, parecia muito irritada e disse: "Maldita idiotinha. Não pode fazer uma coisa dessas. Vai arruinar todas as suas chances. Com quem ela está, você sabe?". Disse que não fazia a menor ideia. A última vez que a vira, estava dançando com o jovem Bartlett. Josie disse: "Não deve ter saído com *ele*. Mas o *que* está aprontando? Não está com aquele homem do cinema, está?".

Harper repetiu de repente:

– *Homem do cinema*? Quem era ele?

Raymond disse:

– Não sei o nome. Nunca ficou hospedado aqui. Um tipo com um aspecto bem incomum, cabelos pretos e aparência teatral. Tem alguma relação com a indústria cinematográfica, creio eu, ou ao menos disse isso para Ruby. Veio jantar aqui uma ou duas vezes e dançou com ela depois, mas não acho que ela o conhecesse tão bem. Foi por isso que me surpreendeu quando Josie mencionou. Falei que não achava que ele estivesse lá naquela noite. Josie respondeu: "Bem, ela deve ter saído com *alguém*. Que diabos vou dizer aos Jefferson?". Perguntei que diferença fazia para os Jefferson. E Josie disse que *fazia* diferença. E disse também que nunca perdoaria Ruby se ela estragasse tudo.

"Chegamos ao quarto de Ruby, então. Não estava lá, claro, mas passara por lá, porque o vestido que usara estava jogado sobre uma cadeira. Josie examinou o roupeiro e disse que achava que ela vestira o velho vestido branco. Normalmente teria posto o vestido de veludo preto para a dança espanhola. Eu estava bem bravo àquela altura com o modo como Ruby me desapontara. Josie fez o melhor que pôde para me acalmar e disse que ela mesma dançaria comigo para que o velho Prestcott não nos incomodasse. Saiu para trocar de roupa, descemos e dançamos um tango, um estilo exagerado e bastante chamativo, mas não muito exaustivo para seus tornozelos. Josie foi muito valente, pois sentia dor, dava para ver. Depois daquilo, me pediu para ajudar a acalmar os Jefferson. Disse que era importante. Então, claro, fiz o que pude."

O superintendente Harper assentiu. Disse:

– Muito obrigado, sr. Starr.

Consigo pensou: "Era importante sim! Cinquenta mil libras!".

Ficou observando Raymond Starr quando este se afastou com elegância. Desceu os degraus do terraço apanhando uma sacola de bolas de tênis e uma raquete no caminho. A sra. Jefferson, também levando uma raquete, juntou-se a ele e foram em direção às quadras.

– Com licença, senhor.

O sargento Higgins, bastante ofegante, estava ao lado de Harper.

O superintendente, arrancado de sua linha de raciocínio, pareceu sobressaltado.

– Uma mensagem acaba de chegar para o senhor vindo da central. Um trabalhador avisou que viu um brilho como se fosse fogo esta manhã. Meia hora atrás, acharam um carro queimado em uma pedreira. A pedreira Venn, a uns três quilômetros daqui. Traços de um corpo carbonizado lá dentro.

O sangue subiu aos traços pesados de Harper. Falou:

– O que está acontecendo com Glenshire? Uma epidemia de violência? Não vá dizer que vamos ter um caso em Rouse também!

Perguntou:

– Conseguiram pegar o número do veículo?

– Não, senhor. Mas poderemos identificá-lo, claro, pelo número do chassi. Estão achando que é um Minoan 14.

Capítulo 8

I

Sir Henry Clithering, ao passar pelo salão do Majestic, mal olhou para seus ocupantes. Sua mente estava preocupada. Apesar disso, como costuma acontecer, algo ficou registrado em seu subconsciente. E esperou a hora certa de emergir.

Sir Henry perguntava-se, ao subir as escadas, o que haveria induzido a súbita urgência da mensagem de seu amigo. Conway Jefferson não era do tipo de homem que enviava convocações urgentes a ninguém. Algo muito fora do usual devia ter acontecido, decidiu Sir Henry.

Jefferson não desperdiçou nem um segundo com rodeios. Foi logo dizendo:

– Que bom que você veio. Edwards, pegue um drinque para Sir Henry. Sente-se, homem. Não está sabendo de nada, imagino? Nada nos jornais ainda?

Sir Henry meneou a cabeça, sua curiosidade estimulada.

– Do que se trata?

– Trata-se se um assassinato. Estou envolvido e também amigos seus, os Bantry.

– Arthur e Dolly Bantry? – Clithering soou incrédulo.

– Sim, pois é, o corpo foi encontrado na casa deles.

De maneira clara e sucinta, Conway Jefferson repassou os fatos. Sir Henry escutou sem interromper. Ambos estavam acostumados a captar o cerne das situações. Sir Henry, durante seu período como comissário da polícia metropolitana, ficara conhecido por sua rápida compreensão dos pontos essenciais.

– É uma história extraordinária – comentou quando o outro concluiu. – Como os Bantry entraram nisso, você acha?

– É o que me preocupa. Entenda, Henry, me parece que o fato de eu conhecê-los possa ter relação com o caso. É a única conexão que posso encontrar. Nenhum dos dois, que eu saiba, jamais viu a moça antes. É o que dizem, e não há motivo para desacreditá-los. É muito improvável que *pudessem* conhecê-la. Então, não seria possível que ela tivesse sido atraída para uma armadilha, e o corpo deixado de propósito na casa de amigos meus?

Clithering disse:

– Acho que é bem improvável.

– Mas é possível – insistiu o outro.

– Sim, mas difícil. O que quer que *eu* faça?

Conway Jefferson falou, amargurado:

– Sou um inválido. Disfarço o fato, me recuso a encará-lo, mas agora preciso aceitar. Não posso sair por aí como gostaria, fazendo perguntas, investigando coisas. Preciso ficar aqui, manso e agradecido por qualquer partícula de informação que a polícia tenha a gentileza de me ceder. A propósito, conhece Melchett, o chefe de polícia de Radfordshire?

– Sim, fomos apresentados.

Algo acordou no cérebro de Sir Henry. Um rosto e uma silhueta, percebida sem tê-la visto de fato, ao passar pelo salão. Uma velha senhora bem aprumada cujo rosto lhe era familiar. Estava relacionada com a última vez em que encontrara Melchett.

Disse:

– Está me pedindo para ser uma espécie de detetive amador? Não é a minha linha.

Jefferson disse:

– Não é um *amador*, é por isso.

– Não sou mais profissional. Estou na lista dos aposentados.

Jefferson disse:

– Isso simplifica as coisas.

– Quer dizer que se eu estivesse ainda na Scotland Yard não poderia me meter? É bem verdade.

– Na atual situação – continuou Jefferson –, sua experiência justifica que tenha interesse no caso, e qualquer cooperação que ofereça será bem recebida.

Clithering disse devagar:

– A etiqueta permite, concordo. Mas o que quer de fato, Conway? Descobrir quem matou a garota?

– Só isso.

– Não faz ideia?

– Nenhuma.

Sir Henry falou sem pressa:

– É provável que não vá acreditar em mim, mas há uma perita em resolver mistérios sentada no lobby do hotel neste instante. Alguém melhor do eu e que tem *toda* a probabilidade de estar de posse de informações locais privilegiadas.

– Do que está falando?

– Lá embaixo, no lobby, na terceira coluna da esquerda, está sentada uma velhinha com uma expressão doce de solteirona plácida e uma mente que vasculhou as profundezas da iniquidade humana e trata do assunto como se não fosse nada especial. Seu nome é Miss Marple. Ela vem da aldeia de St. Mary Mead, que fica a dois quilômetros de Gossington, é amiga dos Bantry... e, no que concerne crimes, é o que há de melhor, Conway.

Jefferson fitou-o com as sobrancelhas grossas e unidas. Falou com ar pesado:

– Está de gozação.

– Não, não estou. Você acabou de mencionar Melchett. A última vez que o vi foi na ocasião de uma tragédia no vilarejo. Uma moça que supostamente havia se afogado. A polícia, com razão, suspeitava que não fosse suicídio, mas assassinato. Acharam que sabiam quem era o culpado. Então eis que surge a velha Miss Marple, alvoroçada e tremendo. Receia, disse, que vão enforcar a pessoa errada. Não tem provas, mas sabe quem é o culpado. Ela me entrega um pedaço de papel com um nome escrito nele. E, por Deus, Jefferson, ela tinha razão.

As sobrancelhas de Conway Jefferson desceram muito além do normal. Grunhiu, sem poder acreditar.

– Intuição feminina, suponho – falou, cético.

– Não, ela não chama assim. Conhecimento especializado é como ela descreve.

– E o que significa isso?

– Bem, sabe, Jefferson, *nós* usamos isso no trabalho policial. Pegamos um roubo e em geral sabemos muito bem quem cometeu o crime, dentre a turma de sempre, claro. Sabemos o tipo de ladrão que age daquele jeito particular. Miss Marple faz uma série de paralelos interessantes, embora por vezes triviais, com a vida no vilarejo.

Jefferson se manifestou com ceticismo:

– Que coisas ela poderia entender de uma moça que foi criada no meio teatral e provavelmente jamais pôs o pé numa aldeia na vida inteira dela?

– Eu acho – declarou Sir Henry Clithering com firmeza – que ela deve ter algumas ideias.

II

Miss Marple corou de alegria quando Sir Henry apareceu na frente dela.

– Oh, Sir Henry, é de fato uma sorte imensa encontrá-lo aqui.

Sir Henry foi galante. Comentou:

– Para mim, é um imenso prazer.

Miss Marple murmurou, corando:

– Muita gentileza sua.

– Está hospedada aqui?

– Bem, para dizer a verdade nós estamos.

– *Nós?*

– A sra. Bantry está aqui também – olhou para ele, inquisitiva. – Já está sabendo? Sim, posso ver que está. Terrível, não é mesmo?

– O que Dolly Bantry está fazendo aqui? O marido também veio?

– Não. Naturalmente, os dois reagiram de forma bem distinta. O coronel Bantry, pobre homem, acaba se fechando no escritório ou descendo para visitar uma das fazendas quando algo assim acontece. Como as tartarugas, sabe, retraem a cabeça e esperam que ninguém as perceba. Dolly, claro, é *bem* diferente.

– Dolly, de fato – disse Sir Henry, que conhecia bastante bem sua velha amiga –, está quase se divertindo, hein?

– Bem... hã... pois é. Pobrezinha.

– E a trouxe junto para tirar os coelhos da cartola?

Miss Marple respondeu com serenidade:

– Dolly achou que uma mudança de ares seria boa e não queria vir sozinha – encontrou o olhar dele, e o seu brilhou de relance. – Mas, é claro, sua forma de descrever a situação é bem verdadeira. É bastante embaraçoso para mim porque, claro, não tenho utilidade alguma.

– Está sem ideias? Nenhum paralelo com o vilarejo?

– Não sei muita coisa sobre o caso ainda.

– Posso remediar isso, acho. Vou chamá-la como consultora, Miss Marple.

Ele forneceu um breve recital da sequência dos eventos. Miss Marple escutou com atento interesse.

– Pobre do sr. Jefferson – disse. – Que história mais triste... Esses acidentes terríveis. E deixá-lo vivo, aleijado, parece mais cruel do que se também houvesse sido morto.

– Sim, é mesmo. É por isso que todos os seus amigos o admiram tanto pela forma resoluta com que toca a vida, superando a dor, a tristeza e as deficiências físicas.

– Sim, é esplêndido.

– A única coisa que não entendo é essa súbita efusão afetiva por essa moça. Ela pode, claro, ter apresentado algumas qualidades excepcionais.

– Provavelmente não – declarou Miss Marple, plácida.

– A senhora não acha?

– Acho que as qualidades dela não entraram em questão.

Sir Henry disse:

– Ele não é simplesmente um velho depravado, entenda.

– Oh, não, não! – Miss Marple ficou cor-de-rosa. – Não estava sugerindo isso nem por um minuto. O que estava tentando dizer, de forma muito atrapalhada, eu sei, era que ele estava apenas procurando por uma moça boazinha e inteligente para tomar o lugar da filha, e que esta moça percebeu a oportunidade e apostou todas as fichas que tinha! Isso soa bastante injusto, sei, mas vi tantos casos assim. A jovem criadinha na casa do sr. Harbottle, por exemplo. Uma moça das *mais* ordinárias, mas discreta e com bons modos. A irmã dele foi chamada para cuidar de um parente moribundo e, quando retornou, encontrou a moça não cabendo em si, sentada na sala de visitas, rindo e conversando, sem usar touca ou avental. A srta. Harbottle falou de um jeito ríspido com ela, e a moça foi impertinente, e então o velho sr. Harbottle deixou a irmã estupefata ao afirmar que achava que ela cuidara da casa para ele por tempo demais e que agora estava reorganizando as coisas.

"Gerou um falatório e tanto no vilarejo, mas a pobre da srta. Harbottle teve de alugar quartos dos *mais* desconfortáveis em Eastbourne. A pessoas *falaram* coisas, claro, mas acredito que não havia nenhum tipo de intimidade, era simplesmente que o velho achou muito mais agradável ter uma moça jovem e alegre lhe dizendo como ele era inteligente e divertido do que sua irmã continuamente assinalando seus defeitos, *mesmo* que ela fosse uma boa e econômica administradora."

Fez-se um momento de pausa, e então Miss Marple prosseguiu:

– Depois tivemos o sr. Badger, dono da farmácia. Causou tanto rebuliço por uma mocinha que trabalhava na seção de toalete. Disse à esposa que precisavam enxergá-la como uma filha e chamá-la para morar com eles na casa. A sra. Badger não compartilhava daquela opinião nem um pouco.

Sir Henry disse:

– Ao menos se fosse uma menina da mesma posição social, filha de alguém amigo...

Miss Marple o interrompeu.

– Oh! Mas isso não seria nem de perto tão satisfatório do ponto de vista dele. É como na antiga balada do rei Cophetua e a jovem mendiga. Quando se é um homem velho, bastante cansado e solitário e se, quem sabe, sua própria família o está negligenciando – ela parou por um segundo –, bem, fazer amizade com alguém que será sobrepujado por sua magnificência (colocando de maneira melodramática, mas espero que entenda o que quero dizer), bem, isso é muito mais interessante. Faz com que se sinta uma pessoa muito mais importante, um monarca beneficente! A pessoa tem maior probabilidade de ficar deslumbrada, e isso, claro, causa uma sensação agradável. – Ela fez uma pausa e acrescentou: – O sr. Badger, sabe, comprou para a moça da loja dele alguns presentes realmente fantásticos, uma pulseira de diamantes e um rádio-gramofone dos mais caros. Tirou um bom dinheiro da poupança para fazer isso. Entretanto, a sra. Badger, que era uma mulher muito mais astuta do que a pobre srta. Harbottle (ser casada *ajuda*, claro), se deu ao trabalho de investigar algumas coisas. E quando o sr. Badger descobriu que a moça estava se relacionando com um rapaz muitíssimo indesejável, ligado às corridas, e que na verdade empenhara a pulseira para lhe dar o dinheiro... bem, ficou completamente desgostoso, e o caso terminou de maneira muito firme. E ele presenteou a sra. Badger com um anel de diamantes no Natal seguinte.

Seus olhos doces e inteligentes encontraram os de Sir Henry. Ele se perguntou se o que ela dizia poderia ser uma dica. Falou:

– Está sugerindo que se houvesse um rapaz na vida de Ruby Keene a atitude de meu amigo com respeito a ela poderia ter se alterado?

– É provável que sim, entende. Arrisco dizer que, dentro de um ou dois anos, ele poderia gostar de ele próprio ajeitar um casamento para ela, embora fosse mais provável que não, os cavalheiros são em geral bastante egoístas. Mas com certeza acho que, se Ruby Keene tivesse um namoradinho, tomaria o cuidado de manter isso em segredo.

– E o namorado poderia ressentir o fato?

– Suponho que essa *seja* a solução mais plausível. Chamou minha atenção, sabe, que a prima, a jovem que foi até Gossington esta manhã, parecia nitidamente furiosa com a menina morta. O que me contou explica o porquê. Sem dúvida, estava animada em levar vantagem com a história toda.

– Uma figura de sangue bastante frio, na verdade?

– Essa talvez seja uma crítica muito dura. A pobrezinha precisa ganhar a vida, e não se poderia esperar que ficasse tocada porque um homem e uma mulher ricos, como descreveu o sr. Gaskell e a sra. Jefferson, ficariam de fora de uma quantia ainda maior de dinheiro, à qual não têm de fato qualquer direito moral. Diria que a srta. Turner é uma jovem mulher turrona e ambiciosa, com um bom temperamento e considerável *joie de vivre.* Um pouco como – acrescentou Miss Marple –, como Jessie Golden, a filha do padeiro.

– O que aconteceu com ela? – perguntou Sir Henry.

– Estudou para ser governanta e casou-se com o filho do patrão, que estava em casa de licença da Índia. Tornou-se uma boa esposa para ele, creio.

Sir Henry se afastou dessas fascinantes questões secundárias. Perguntou:

– Acredita que há algum motivo para que meu amigo Conway Jefferson tenha desenvolvido de repente esse "complexo de rei Cofétua", se prefere chamar assim?

– Pode ser que sim.

– De que jeito?

Miss Marple falou, hesitando um pouco:

– Pensaria que, é uma mera sugestão, claro, que quem sabe o genro e a nora *poderiam* ter desejado se casar novamente.

– Não é evidente que ele não poderia se opor?

– Ah, não se *opor.* Mas, veja, deve analisar pelo ponto de vista *dele.* Sofreu um choque e uma perda terrível, eles também. Essas três pessoas enlutadas vivem juntas, e a *ligação* entre elas é a perda que todos sofreram. Mas o tempo, como minha querida mãe costumava dizer, é o melhor remédio. O sr. Gaskell e a sra. Jefferson são jovens. Sem eles mesmos perceberem, podem ter começado a sentir uma inquietação, a ressentirem os laços que os amarravam às mágoas do passado. E, assim, sentindo-se dessa forma, o velho sr. Jefferson teria ficado consciente de uma súbita falta de afeição sem entender a causa. Em geral, é isso. E os cavalheiros se sentem negligenciados com tanta *facilidade*. Com o sr. Harbottle, foi a viagem da srta. Harbottle. E, no caso dos Badger, foi porque a sra. Badger estava interessada demais em espiritismo e sempre saindo para participar das sessões.

– Devo dizer – admitiu Sir Henry com pesar – que não gosto do jeito como reduz a todos nós a um denominador comum.

Miss Marple balançou a cabeça com tristeza.

– A natureza humana é muito parecida em todos os lugares, Sir Henry.

Sir Henry exclamou com repugnância:

– Sr. Harbottle! Sr. Badger! E o pobre Conway! Detesto introduzir uma observação pessoal, mas tem algum paralelo para a *minha* humilde pessoa na sua aldeia?

– Bom, é claro, temos Briggs.

– Quem é Briggs?

– Era o jardineiro-chefe na prefeitura velha. Justamente o *melhor* funcionário que já tiveram. Sabia com *precisão* quando os subjardineiros estavam matando o serviço, era inexplicável a percepção dele! Comandava uma equipe de apenas três homens e um menino e o lugar era mais bem cuidado do que quando eram seis trabalhadores. E levou vários primeiros-prêmios com suas ervilhas-de-cheiro. Está aposentado agora.

– Como eu – disse Sir Henry.

– Mas ainda faz uns bicos, se gostar das pessoas.

– Ah – disse Sir Henry. – Mais uma vez, como eu. É o que estou fazendo agora, um bico para ajudar um velho amigo.

– Dois velhos amigos.

– Dois? – Sir Henry pareceu confuso.

Miss Marple explicou:

– Suponho que estava se referindo ao sr. Jefferson. Mas eu não estava pensando nele. Estava pensando no coronel e na sra. Bantry.

– Sim, sim, entendo – perguntou com jeito abrupto: – Foi por isso que aludiu à Dolly Bantry como "pobrezinha" no início de nossa conversa?

– Sim. Ela ainda não começou a perceber as coisas. *Eu* sei porque já sou mais experiente. Veja bem, Sir Henry, me parece que há uma grande possibilidade de este crime ser do tipo que *nunca* é resolvido. Como aqueles crimes dos baús de Brighton. Mas, se isso acontecer, será um desastre absoluto para os Bantry. O coronel Bantry, como quase todos os militares aposentados, está de fato com uma sensibilidade *anormal.* Reage com muita rapidez à opinião pública. Não vai perceber por algum tempo, e então vai começar a se dar conta. Um escorregão aqui, uma esnobada ali, os convites recusados e as desculpas inventadas... e então, pouco a pouco, vai se aperceber e vai se refugiar em sua concha e viver num estado de terrível morbidez e infelicidade.

– Deixe-me ver se entendo direito, Miss Marple. Está dizendo que, porque o corpo foi encontrado na casa dele, as pessoas vão achar que *ele* tem algo a ver com isso?

– Evidente que vão! Não tenho dúvidas de que já estão dizendo isso. Vão falar mais e mais. E as pessoas vão dar as costas aos Bantry e evitar o casal. É por isso que a verdade precisa ser descoberta, esse o motivo de eu ter vindo aqui com a sra. Bantry. Uma acusação às claras é uma coisa, e bem fácil para um soldado enfrentar. Fica indignado e tem a chance de se defender. Mas essa história de *cochichos* vai acabar com ele, vai acabar com os dois. Então o senhor vê, Sir Henry, que nós *precisamos* descobrir a verdade.

Sir Henry sugeriu:

– Alguma ideia de por que o corpo foi encontrado na casa dele? Deve haver uma explicação. Alguma conexão.

– Ah, é claro.

– A moça foi vista aqui pela última vez por volta de vinte para as onze. À meia-noite, de acordo com a evidência médica, estava morta. Gossington fica a 25 quilômetros daqui. É uma boa estrada por uns vinte, até que se saia da via principal. Um carro veloz poderia cobrir o percurso em menos de meia hora. Praticamente *qualquer* carro poderia chegar com uma média de 35 minutos. Mas por que alguém a mataria aqui e levaria o corpo para Gossington ou levaria a moça até Gossington para estrangulá-la lá, não sei.

– Claro que não sabe, porque não aconteceu.

– Está dizendo que foi estrangulada por algum camarada que a levou para sair de carro e então decidiu empurrá-la para dentro da primeira casa disponível nas redondezas?

– Não acho nada do tipo. Acho que foi arquitetado um plano muito cuidadoso. O que aconteceu foi que deu errado.

Sir Henry a fitou.

– Por que deu errado?

Miss Marple desculpou-se de certa forma:

– Coisas curiosas acontecem, não é mesmo? Se eu fosse afirmar que esse plano em particular deu errado porque os seres humanos são muito mais vulneráveis e sensíveis do que todo mundo pensa não soaria sensato, soaria? Mas é o que penso... e...

Ela interrompeu o pensamento.

– A sra. Bantry acaba de chegar.

Capítulo 9

A sra. Bantry estava com Adelaide Jefferson. A primeira postou-se diante de Sir Henry e exclamou:

– *O senhor?*

– Eu mesmo – juntou as mãos dela e pressionou-as com carinho. – Não consigo expressar o quanto estou angustiado com tudo isso, sra. B.

A sra. Bantry respondeu de um jeito automático:

– *Não me chame de sra. B*! – E continuou: – Arthur não veio. Está levando tudo muito a sério. Miss Marple e eu viemos aqui perscrutar. Conhece a sra. Jefferson?

– Sim, claro.

Deu-lhe um aperto de mão. Adelaide Jefferson disse:

– Já falou com meu sogro?

– Sim, falei.

– Fico feliz. Estamos preocupados com ele. Foi um choque terrível.

A sra. Bantry disse:

– Vamos ao terraço tomar uns drinques e conversar sobre tudo isso.

Os quatro saíram e se juntaram a Mark Gaskell, que estava sentado na ponta do terraço sozinho.

Após alguns comentários desconexos e a chegada das bebidas, a sra. Bantry logo mergulhou no assunto com seu habitual entusiasmo pela ação direta.

– Podemos falar, não podemos? – propôs. – Digo, somos velhos amigos, exceto por Miss Marple, mas ela sabe tudo sobre o crime. E quer ajudar.

Mark Gaskell olhou para Miss Marple com a expressão um bocado confusa. Falou, receoso:

– A senhora... hã... escreve romances policiais?

As pessoas mais improváveis, ele sabia, escreviam romances policiais. E Miss Marple, com suas roupas antiquadas de solteirona, parecia uma pessoa especialmente improvável.

– Oh, não, não sou inteligente o suficiente para *isso*.

– Ela é maravilhosa – foi dizendo a sra. Bantry, impaciente. – Não posso explicar agora, mas ela é. Então, Addie, quero saber de tudo. Como era, de fato, essa moça?

– Bom... – Adelaide Jefferson fez uma pausa, olhou para Mark e meio que riu. Disparou: – A senhora é tão direta.

– Gostava dela?

– Não, claro que não gostava.

– Como ela era de fato? – a sra. Bantry dirigiu a pergunta a Mark Gaskell.

Mark respondeu sem rodeios:

– Uma espécie comum de golpista. E sabia fazer tudo direitinho. Enganchou bem o Jeff, isso é certo.

Ambos chamavam o sogro de Jeff.

Sir Henry pensou, olhando com desaprovação para Mark: "Sujeito indiscreto. Não deveria ser tão franco".

Sempre desaprovara um pouco Mark Gaskell. O homem tinha charme, mas era inconstante; falava demais, era por vezes fanfarrão, não era muito confiável, pensava Sir Henry. Algumas vezes se perguntara se Conway Jefferson pensava o mesmo.

– Mas não *podiam* fazer nada a respeito? – exigiu a sra. Bantry.

Mark respondeu, seco:

– Podíamos ter tentado, se houvéssemos percebido a tempo.

Lançou um olhar para Adelaide, e ela corou de leve. Havia reprovação naquele olhar.

Ela explicou:

– Mark acha que eu deveria ter enxergado o que estava se armando.

– Deixou o velho muito tempo sozinho, Addie. Suas lições de tênis e todo o resto.

– Bem, eu precisava de exercício – falou, constrangida. – De todo modo, jamais sonhei...

– Não – disse Mark –, nenhum de nós sonhava. Jeff sempre fora um tipo tão sensato, com a cabeça no lugar.

Miss Marple contribuiu com a conversa.

– Os cavalheiros – foi dizendo com seu jeito antiquado de se referir ao sexo oposto como se fosse uma espécie de animal selvagem – com frequência não têm a cabeça tão no lugar como aparentam.

– Diria que a senhora está certa – concordou Mark. – Infelizmente, Miss Marple, não percebemos isso. Ficamos nos perguntando o que o velho vira naquela vigaristazinha tão insípida e vulgar. Mas estávamos contentes por ele se sentir feliz e entretido. Achávamos que não havia mal nenhum nela. Mal nenhum! Queria ter torcido o pescoço daquela menina!

– Mark – disse Addie, precisa tomar *cuidado* com o que diz.

Ele abriu um sorriso cativante para ela.

– Suponho que sim. Do contrário as pessoas vão achar que eu *de fato* torci o pescoço dela. Ah, bom, acho que sou suspeito de qualquer forma. Se alguém tinha interesse em ver aquela menina morta éramos Addie e eu.

– Mark – gritou a sra. Jefferson, meio rindo, meio brava –, precisa *parar* com isso!

– Está bem, está bem – disse Mark fazendo as pazes. – Mas gosto de dizer o que penso. Cinquenta mil libras era o que nosso estimado sogro estava propondo colocar no nome daquela embusteirazinha novata e imbecil.

– Mark, pare, ela está morta.

– Sim, está morta, pobrezinha. E, afinal, porque não deveria usar as armas que a natureza lhe dera? Quem sou eu para julgar? Eu mesmo já cometi muita baixeza na vida. Não, digamos que Ruby tinha o direito de armar e maquinar e que nós fomos tolos de não sacar o jogo dela antes.

Sir Henry disse:

– O que disseram quando Conway contou que se decidira a adotar a menina?

Mark abriu as palmas para cima.

– O que é que podíamos dizer? Addie, sempre educadíssima, manteve o autocontrole de maneira admirável. Enfrentou com bravura a situação. Eu me esforcei para seguir o exemplo.

– *Eu* teria criado um caso – disse a sra. Bantry.

– Bom, para ser franco, não tínhamos o direito de criar nenhum caso. O dinheiro era de Jeff. Não somos do sangue dele. Sempre foi de uma generosidade tremenda com a gente. Não restava alternativa a não ser engolir o sapo. – E acrescentou, refletindo: – Mas não gostávamos da pequena Ruby.

Adelaide Jefferson disse:

– Se ao menos fosse outro tipo de menina. Jeff tinha duas afilhadas, sabe. Se fosse uma delas, bem, daria para *entender*. – Acrescentou, com uma pontada de ressentimento: – E Jeff sempre pareceu tão afetuoso com Peter.

– Claro – disse a sra. Bantry. – Sempre soube que Peter era filho do seu primeiro marido, mas cheguei até a esquecer. Sempre pensei nele como neto de Jefferson.

– Eu também – confessou Adelaide. A voz dela tinha algo que fez Miss Marple virar-se na cadeira para olhá-la.

– Foi culpa de Josie – disse Mark. – Foi Josie quem a trouxe aqui.

Adelaide disse:

– Ah, mas certamente não acha que foi de propósito, acha? Ora, você sempre gostou tanto de Josie.

– Sim, gostava. Achei que era boa companhia.

– Foi puro acaso convidar a menina.

– Josie tem uma cabeça boa, minha querida.

– Sim, mas não podia prever...

Mark disse:

– Não, não podia. Confesso. Não estou de fato acusando Josie de planejar a coisa toda. Mas não tenho dúvidas de que viu para que lado o vento estava soprando muito antes de nós e escolheu ficar quieta.

Adelaide suspirou:

– Suponho que não se possa culpá-la por isso.

Mark disse:

– Oh, não podemos culpar ninguém de nada!

A sra. Bantry perguntou:

– Ruby Keene era muito bonita?

Mark a encarou.

– Achei que tivesse visto...

A sra. Bantry apressou-se em dizer:

– Ah, sim, eu vi... o corpo. Mas fora estrangulada, sabe, e não dava para dizer...

Ela estremeceu.

Mark falou, pensativo:

– Não acho que fosse nem um pouco bonita. Com certeza não seria sem maquiagem. Um rosto pequeno de fuinha, quase nada de queixo, os dentes quase descendo na garganta, um nariz sem personalidade...

– Soa revoltante – disse a sra. Bantry.

– Oh, não, não era. Como eu dizia, com maquiagem conseguia causar um efeito e tanto, não acha, Addie?

– Sim, meio no estilo princesinha, sempre rosa com branco. Tinha belos olhos azuis.

– Sim, a expressão inocente de bebê e os cílios pintados com muito rímel enfatizavam o azul. O cabelo era descolorido, claro. É verdade, quando penso na coloração, na coloração artificial de todo modo, ela tinha uma espécie de semelhança espúria com Rosamund... minha esposa, sabe. Diria que foi isso que chamou a atenção do velho para ela.

Suspirou.

– Bem, é uma história ruim. O mais terrível é que eu e Addie não conseguimos deixar de agradecer, realmente, que ela esteja morta...

Abafou o protesto da cunhada.

– Não adianta, Addie; sei como se sente. Também me sinto assim. E não vou fingir! Mas, ao mesmo tempo, se é que me entendem, estou seriamente preocupado com Jeff com essa função toda. Isso o pegou de jeito. Eu...

Parou e ficou olhando para as portas que se abriam do lobby para o terraço.

– Ora, ora... vejam quem está aqui. Como é inescrupulosa, Addie.

A sra. Jefferson olhou por cima do ombro, emitiu uma interjeição e levantou-se, com um leve rubor subindo-lhe à face. Caminhou apressada pelo terraço até encontrar um homem alto de meia-idade, com o rosto fino e moreno, que olhava incerto ao seu redor.

A sra. Bantry perguntou:

– Aquele não é Hugo McLean?

Mark Gaskell disse:

– O próprio Hugo McLean. Codinome William Dobbin*, pois é igual ao personagem.

A sra. Bantry murmurou:

– É muito fiel, não é?

---

* Personagem do romance *Feira das vaidades* (1848), de Thackeray, que é devotado e cego aos defeitos de seu amigo George. (N.E.)

– De uma devoção canina – confirmou Mark. – Addie só precisa assoviar e Hugo vem correndo de onde estiver no planeta. Sempre na esperança de que algum dia ela se case com ele. Diria que um dia ela vai.

Miss Marple olhou sorridente para eles. Falou:

– Entendo. Um romance?

– Daqueles bons, à moda antiga – Mark lhe assegurou. – Já faz anos. Addie é desse tipo de mulher.

Acrescentou, reflexivo:

– Suponho que Addie telefonou para ele esta manhã. Não me contou que o chamara.

Edwards chegou com discrição ao terraço e parou ao lado de Mark.

– Com licença. O senhor Jefferson gostaria que subisse.

– Já estou indo – Mark deu um salto.

Balançou o queixo para eles, dizendo:

– Nos vemos mais tarde – e saiu.

Sir Henry inclinou-se na direção de Miss Marple. Perguntou:

– Bem, o que acha dos principais beneficiários do crime?

Miss Marple falou, pensativa, olhando para Adelaide Jefferson enquanto esta conversava com seu velho amigo:

– Acho, sabe, que ela é uma mãe muito dedicada.

– Ah, ela é – afirmou a sra. Bantry. – É totalmente devotada ao Peter.

– É do tipo de mulher – disse Miss Marple – de quem todo mundo gosta. Do tipo que poderia seguir se casando uma e outra vez. Não estou dizendo uma mulher dada a *homens*, isso é outra coisa.

– Sei o que está dizendo – disse Sir Henry.

– O que vocês dois estão dizendo – disse a sra. Bantry – é que ela é uma boa ouvinte.

Sir Henry riu. Perguntou:

– E Mark Gaskell?

– Ah! – exclamou Miss Marple. – É um sujeito ligeiro.

– Um paralelo do vilarejo, por favor?

– O sr. Cargill, o construtor. Convenceu um monte de gente a reformar uma porção de coisas nas casas deles que nunca tiveram a intenção de fazer. E como cobrava caro! Mas sempre conseguia explicar seus custos com tanta plausibilidade. Um sujeito capcioso. Casou-se com o dinheiro. E da mesma forma o sr. Gaskell, pelo que pude perceber.

– Não gosta dele.

– Gosto, sim. A maioria das mulheres gostaria. Mas não me engana. É uma pessoa muito atraente, eu acho. Mas um pouco imprudente, talvez, de *falar* tanto quanto fala.

– Imprudente é a palavra – disse Sir Henry. – Mark vai ficar encrencado se não se cuidar.

Um homem alto e jovem vestindo flanela branca surgiu nos degraus do terraço e parou por um instante, observando Adelaide Jefferson e Hugo McLean.

– E aquele – disse Sir Henry, obsequioso – é o X, que poderíamos descrever como um pretendente. É o bailarino e tenista profissional Raymond Starr, parceiro de Ruby Keene.

Miss Marple observou-o com interesse. Declarou:

– É muito bonito, não é?

– Suponho que seja.

– Não diga absurdos, Sir Henry – disse a sra. Bantry –, não há nada para se supor ali. Ele *é* bonito.

Miss Marple murmurou:

– Entendi que a sra. Jefferson anda tomando lições de tênis.

– Está insinuando alguma coisa com isso ou não está, Jane?

Miss Marple não teve a oportunidade de responder a essa pergunta direta. O jovem Peter Carmody cruzou o terraço e se juntou a eles. Dirigiu-se a Sir Henry:

– É detetive também? Vi o senhor falando com o superintendente; o gordo é o superintendente, não é?

– Isso mesmo, meu filho.

– E alguém me disse que o senhor era um detetive tremendamente importante de Londres. Chefe da Scotland Yard ou algo parecido.

– O cabeça da Scotland Yard, de modo geral, é um traste inútil nas histórias dos livros, não é?

– Oh, não, não hoje em dia. Fazer piada com a polícia está muito fora de moda. Já sabe quem é o assassino?

– Receio que ainda não.

– Está se divertindo bastante com o crime, Peter? – perguntou a sra. Bantry.

– Bem, estou, um tanto. É uma mudança, não é? Andei farejando por aí para ver se encontro alguma pista, mas não dei sorte. Porém, tenho uma lembrancinha. Querem ver? Imagine, minha mãe queria que eu jogasse fora. Acho que os pais da gente são tão cansativos às vezes.

Tirou do bolso uma pequena caixa de fósforos. Abrindo, revelou seu precioso conteúdo.

– Estão vendo, *é uma unha. A unha dela!* Vou pôr um rótulo: *unha da mulher assassinada* e levar comigo para a escola. É um bom souvenir, não acham?

– Onde conseguiu? – perguntou Miss Marple.

– Foi na verdade uma questão de sorte. Porque, claro, *naquela hora* não sabia que ela seria assassinada. Foi antes do jantar ontem à noite. Ruby prendeu a unha no xale de Josie, e acabou quebrando. Minha mãe cortou para ela e me entregou, pedindo para eu jogar no cesto de lixo, e tive a intenção de fazer isso, mas acabei pondo no bolso e, hoje de manhã, lembrei e olhei para ver se ainda estava lá, e estava, então agora tenho um souvenir.

– Nojento – disse a sra. Bantry.

Peter contestou com educação:

– Oh, acha mesmo?

– Tem algum outro souvenir? – indagou Sir Henry.

– Bem, não sei. Talvez tenha algo.

– Explique-se, rapaz.

Peter olhou para ele, considerando. Então puxou um envelope. De dentro, extraiu um pedaço de um material marrom e comprido.

– É um pedaço do cadarço daquele tal George Bartlett – explicou. – Vi os sapatos dele do lado de fora da porta esta manhã e ensaquei um pedaço por via das dúvidas.

– Para o caso de quê?

– De ele ser o assassino, é claro. Ele foi a última pessoa a vê-la e isso é sempre tremendamente suspeito, sabe. Acham que já está perto da hora de jantar? Estou com uma fome tremenda. Sempre me parece muito tempo entre a hora do chá e o jantar. Olha, lá está tio Hugo. Não sabia que minha mãe tinha pedido para *ele* vir aqui. Suponho que mandou chamar. Sempre faz isso quando tem problemas. Lá vem a Josie. Oi, Josie!

Josephine Turner, chegando ao terraço, parou e pareceu assustada ao ver a sra. Bantry e Miss Marple.

A sra. Bantry a cumprimentou com afabilidade:

– Como vai, srta. Turner? Viemos aqui investigar um pouco!

Josie lançou um olhar culpado ao redor. Disse, baixando o tom de voz:

– É terrível. Ninguém sabe ainda. Digo, não saiu nos jornais. Imagino que todo mundo vai começar a me fazer perguntas, e é tão embaraçoso. Não sei o que devo dizer.

Seu olhar melancólico foi direto para Miss Marple, que respondeu:

– Sim, temo que vá ser uma situação difícil para você.

Josie relaxou um pouco com a resposta compreensiva.

– Vejam só, o sr. Prestcott me disse: "Não fale do assunto". Tudo bem, mas é certo que todo mundo vai me perguntar, e não se pode ofender as pessoas, pode? O sr. Prestcott disse que esperava que eu fosse capaz de me comportar como de costume e não foi muito simpático, então é claro que quero dar o melhor de mim. E de fato não vejo por que eu deveria ser culpada por tudo que aconteceu.

Sir Henry disse:

– Importa se lhe fizer uma pergunta sincera, srta. Turner?

– Oh, pergunte o que quiser – disse Josie, sendo um pouco insincera.

– Ocorreu alguma situação desagradável entre a senhorita e a sra. Jefferson e o sr. Gaskell por causa dessa história toda?

– Por causa do assassinato, o senhor quer dizer?

– Não, não estou me referindo ao assassinato.

Josie ficou parada contorcendo os dedos. Falou um tanto taciturna:

– Bem, houve e não houve, se é que me entende. Nenhum deles chegou a *falar* nada. Mas acho que me culparam; o sr. Jefferson se afeiçoando daquele jeito a Ruby, digo. Não foi minha culpa, no entanto, foi? Essas coisas acontecem, e jamais sonhei que algo assim fosse acontecer, em momento algum. Eu... fiquei bem estarrecida.

As palavras dela soaram com o que parecia ser uma sinceridade inquestionável.

Sir Henry disse com jeito:

– Tenho certeza de que ficou. Mas uma vez que isso *aconteceu*?

O queixo de Josie subiu.

– Bom, foi um golpe de sorte, não é? Todo mundo tem direito a dar sorte às vezes.

Olhou de um para outro com um ar levemente desafiador, então cruzou o terraço e entrou no hotel.

Peter afirmou, judicioso:

– Acho que a culpada não é *ela*.

Miss Marple murmurou:

– É interessante, esse pedaço de unha. Andei me preocupando, sabe... em como explicar as unhas dela.

– Unhas? – perguntou Sir Henry.

– As da moça morta – explicou a sra. Bantry. – Estavam bastante *curtas*, e agora que Jane comentou, claro, *era* um pouco estranho. Uma garota como essa em geral tem perfeitas garras.

Miss Marple disse:

– Mas, claro, se quebrou uma, então pode ter cortado as outras curtinhas para combinar. Encontraram unhas cortadas no quarto dela, será?

Sir Henry olhou para ela com curiosidade. Disse:

– Vou perguntar ao superintendente Harper quando ele retornar.

– Retornar de onde? – perguntou a sra. Bantry. – Não foi para Gossington, foi?

Sir Henry disse, sombrio:

– Não. Houve outra tragédia. Um carro pegou fogo em uma pedreira...

Miss Marple prendeu o fôlego.

– Havia alguém no carro?

– Receio que sim, havia.

Miss Marple ponderou:

– Imagino que deva ser a bandeirante desaparecida... Patience..., não, Pamela Reeves.

Sir Henry fitou-a:

– Agora, por que raios acha isso, Miss Marple?

Miss Marple ficou cor-de-rosa.

– Bem, deu no rádio que ela estava desaparecida de casa desde ontem à noite. E a casa dela era Daneleigh Vale; que não é muito longe daqui. E foi vista pela última vez no encontro das bandeirantes em Danebury Downs. Que é bem perto mesmo. De fato, teria de passar por Danemouth para chegar em casa. Então tudo se encaixa, não é? Digo, dá a entender como se ela pudesse ter visto, ou quem sabe ouvido, algo que ninguém deveria ver ou ouvir. Se for isso, claro, seria um perigo para o assassino e teria de ser... eliminada. Duas coisas assim *devem* estar ligadas, não acham?

Sir Henry disse, com a voz baixando um pouco:

– Está achando... um segundo assassinato?

– E por que não? – seu olhar calmo e plácido encontrou o dele. – Quando alguém comete um assassinato, não se esquiva de cometer um segundo, ou se esquiva? Nem mesmo um terceiro.

– Um terceiro? Não está achando que vai haver um *terceiro* assassinato?

– Acho que é possível... Sim, acho que é bem possível.

– Miss Marple – disse Sir Henry –, a senhora me assusta. Sabe quem vai ser assassinado?

Miss Marple disse:

– Tenho um belo palpite.

Capítulo 10

I

O superintendente Harper ficou parado olhando para o monte de metal carbonizado e retorcido. Um carro queimado é sempre um objeto revoltante, mesmo sem o fardo adicional e macabro de um cadáver chamuscado e enegrecido.

A pedreira Venn era um local remoto, longe de qualquer habitação humana. Embora na prática ficasse a apenas três quilômetros em linha reta de Danemouth, o caminho era por uma daquelas estradas estreitas, tortuosas, esburacadas, que mal passam de uma pista para carroça, que não levava a lugar algum a não ser à própria pedreira. Fazia um bom tempo desde que a pedreira fora escavada, e as únicas pessoas que passavam pela via eram os visitantes ocasionais à procura de amoras. Como local para se livrar de um carro, era ideal. O carro levaria semanas para ser encontrado, exceto pelo azar de o clarão no céu ter sido avistado por Albert Briggs, um operário, a caminho do trabalho.

Albert Briggs continuava no local e, embora tudo o que pudesse relatar já houvesse sido ouvido há algum tempo, ele continuava repetindo a emocionante história com os enfeites que lhe ocorressem.

– Ora, puxa vida, eu disse, o que será aquilo? Era um clarão e tanto, subindo ao céu. Pode ser uma fogueira, pensei, mas quem faria fogo na pedreira? Não, falei, isso é um fogaréu e tanto, pode ter certeza. Mas o que poderia ser, pensei? Não tem casa ou fazenda naquela direção. Tá lá no Venn, falei, é lá que é, pode ter certeza. Não sabia logo o que fazer, mas vi o inspetor Gregg chegando, bem na hora, de bicicleta, e falei pra ele. Já tinha apagado naquela altura, mas falei pr'ele onde que era. É naquela direção, eu disse. Um clarão grande no céu, disse. Por ventura é um palheiro, eu disse. Um daqueles vagabundos, vai ver, meteu fogo lá. Mas nunca pensei que podia de ser um carro, muito menos com alguém queimado vivo dentro. É uma tragédia terrível, isso é certo.

A polícia de Glenshire estava ocupada. As câmeras fotografaram, e a posição do corpo carbonizado fora anotada com cuidado antes de o médico da polícia começar sua própria investigação.

Este último foi falar com Harper, batendo a cinza preta das mãos, seus lábios apertados com austeridade.

– O serviço foi muito completo – declarou. – Uma parte de um dos pés e um dos sapatos foi tudo que escapou. Pessoalmente, não sei dizer se o corpo era de homem ou mulher no momento, embora venhamos a ter alguma indicação pelos ossos, imagino. Mas o sapato é preto daqueles com tiras, do tipo que as escolares usam.

– Há uma escolar desaparecida do condado vizinho – disse Harper –, bem perto daqui. Uma menina de uns dezesseis anos, mais ou menos.

– Então é provável que seja ela – disse o médico. – Pobre criança.

Harper perguntou, apreensivo:

– Não estava viva quando...?

– Não, não, acho que não. Não há sinais de ter tentado sair. O corpo estava afundado no assento, com o pé para fora. Diria que já estava morta quando foi colocada ali. Então puseram fogo no carro para tentar se livrar das provas.

Fez uma pausa e perguntou:

– Ainda precisa de mim?
– Acho que não, obrigado.
– Certo. Estou de saída.

Saiu em direção a seu carro. Harper foi até onde um dos sargentos, um homem especializado em casos com veículos, estava trabalhando.

Este último levantou o rosto.

– Um caso bastante claro, senhor. Gasolina jogada sobre o carro e a coisa toda foi acesa de propósito. Há três latas vazias na cerca daquele lado.

Um pouco adiante, outro homem estava organizando com cuidado pequenos objetos recuperados dos destroços. Havia um sapato queimado de couro preto e, com ele, algumas tiras de material chamuscado e enegrecido. Quando Harper se aproximou, seu subordinado olhou para cima e exclamou:

– Veja isto, senhor. Parece encerrar a questão.

Harper apanhou o pequeno objeto na mão. Perguntou:

– O botão de um uniforme de bandeirante?
– É, senhor.
– É – disse Harper –, isso encerra a questão.

Como era um homem decente e gentil, sentiu-se mal. Primeiro, Ruby Keene, e agora essa menina, Pamela Reeves.

Pensou consigo o mesmo que já questionara antes: “O que está acontecendo com Glenshire?”.

O próximo passo era chamar seu próprio chefe de polícia e depois entrar em contato com o coronel Melchett. O desaparecimento de Pamela Reeves tivera lugar em Radfordshire embora o corpo houvesse sido encontrado em Glenshire.

A próxima tarefa da lista não era agradável. Precisava dar a notícia ao pai e à mãe de Pamela Reeves...

II

O superintendente Harper examinou, pensativo, a fachada da propriedade ao tocar a campainha.

Uma quinta pequena e ajeitadinha, um jardim bonito de cerca de um acre e meio. Era o tipo de propriedade que fora construída com bastante frequência por todo o interior nos últimos vinte anos. Soldados aposentados do exército, servidores públicos aposentados, esse era o estilo. Um pessoal bom e decente; o pior que se poderia dizer deles era que talvez fossem um pouco sem graça. Gastaram tudo o que puderam na educação dos filhos. Não eram do tipo que normalmente se associasse a tragédias. E agora uma tragédia vinha a seu encontro. Suspirou.

Foi logo levado para uma sala onde um homem austero com bigodes grisalhos e uma mulher cujos olhos estavam vermelhos de tanto chorar levantaram-se ao mesmo tempo. A sra. Reeves clamou, ansiosa:

– Alguma notícia de Pamela?

Então voltou a se afundar, como se o olhar comiserador do superintendente houvesse sido um golpe.

Harper disse:

– Receio que devam se preparar para más notícias.

– Pamela – gaguejou a mulher.

O major Reeves perguntou, direto:

– Aconteceu alguma coisa... com a menina?

– Pois é, senhor.

– Está dizendo que está morta?

A sra. Reeves explodiu:

– Oh, não, não – e mergulhou numa tempestade de lágrimas. O major Reeves pôs o braço ao redor da esposa e a puxou para si. Seus lábios tremiam, mas o olhar inquiridor estava fixo em Harper, que baixou a cabeça.

– Um acidente?

– Não exatamente, major Reeves. Foi encontrada em um carro queimado abandonado em uma pedreira.

– Em um carro? Em uma pedreira?

Seu assombro era evidente.

A sra. Reeves desmanchou-se por completo e afundou no sofá, soluçando com violência.

O superintendente Harper perguntou:

– Gostariam que eu lhes desse alguns minutos?

O major Reeves continuou, brusco:

– O que isso quer dizer? Uma atitude criminosa?

– É o que parece, senhor. Por isso gostaria de lhe fazer algumas perguntas, se não for difícil demais para vocês.

– Não, não, tem razão. Não devemos perder tempo se o que sugere for verdade. Mas não consigo acreditar. Quem ia querer prejudicar uma criança como Pamela?

Harper falou, imperturbável.

– Já relataram à polícia local as circunstâncias do desaparecimento de sua filha. Ela saiu de casa para participar de uma reunião do grupo de bandeirantes, e esperavam que voltasse para o jantar. Está correto?

– Está.

– Ela voltaria de ônibus?

– Sim.

– Entendo que, de acordo com a história das outras meninas do grupo, quando a reunião terminou, Pamela disse que iria até Danemouth, na Woolworth's, e tomaria um ônibus mais tarde para casa. Isso lhes soa como um comportamento normal?

– Ah, sim, Pamela adorava ir à Woolworth's. Com frequência ia até Danemouth para fazer compras. O ônibus passa na estrada principal a menos de quatrocentos metros daqui.

– E não tinha outros planos, até onde vocês sabem?

– Nenhum.

– Não estaria se encontrando com ninguém em Danemouth?

– Não, tenho certeza que não. Teria mencionado algo se fosse o caso. Nós a esperávamos para o jantar. Foi por isso que, quando ficou tão tarde e ela não apareceu, chamamos a polícia. Não era normal ela não voltar para casa.

– Sua filha não tinha amigos indesejáveis, digo, amigos os quais vocês não aprovavam?

– Não, nunca houve nenhum problema desse tipo.

A sra. Reeves falou, lacrimosa:

– Pam era apenas uma criança. Era muito ingênua para a idade. Gostava de brincadeiras e tudo o mais. Não era precoce de maneira alguma.

– Conhecem um sr. George Bartlett que está hospedado no Majestic em Danemouth?

O major Reeves o encarou.

– Nunca ouvi falar.

– Não acha que sua filha o conhecia?

– Tenho quase certeza que não.

Acrescentou, ríspido:

– Onde é que ele entra na história?

– É o proprietário do carro Minoan 14 no qual encontramos o corpo da sua filha.

A sra. Reeves gritou:

– Mas então ele deve...

Harper se apressou em dizer:

– Ele informou o sumiço do carro mais cedo hoje. Estava no pátio do Hotel Majestic na hora do almoço de ontem. Qualquer um pode ter levado o carro.

– Mas ninguém viu quem levou?

O superintendente meneou a cabeça.

– Dúzias de carros entram e saem o dia inteiro. E o Minoan 14 é um dos modelos mais comuns.

A sra. Reeves exclamou:

– Mas vocês não estão fazendo nada? Não estão tentando encontrar o... o demônio que fez isso? Minha menininha... oh, minha menininha! Não foi queimada viva, foi? Oh, Pam, Pam...!

– Ela não sofreu, sra. Reeves. Eu lhe garanto que já estava morta quando o carro prendeu fogo.

Reeves perguntou, duro:

– Como ela foi morta?

Harper lançou-lhe um olhar significativo.

– Não sabemos. O fogo destruiu todas as evidências.

Voltou-se para a mulher aflita no sofá.

– Acredite em mim, sra. Reeves, estamos fazendo todo o possível. É uma questão de investigação. Mais cedo ou mais tarde vamos encontrar alguém que viu sua filha em Danemouth ontem e viu com quem ela estava. Tudo leva tempo, sabe. Receberemos dúzias, centenas, de relatos contando que uma bandeirante foi vista aqui, ali e em todo lugar. É uma questão de seleção e paciência, mas vamos descobrir a verdade no final, não tema.

A sra. Reeves perguntou:

– Onde, onde ela está? Posso vê-la?

Mais uma vez, o superintendente Harper olhou para o marido. Disse:

– O oficial médico está cuidando de tudo. Sugiro que seu marido me acompanhe agora e cuide das formalidades. Nesse meio-tempo, tente se lembrar de qualquer coisa que Pamela possa ter dito, algo talvez a que a senhora não tenha dado atenção na hora, mas que pode esclarecer a situação. Entende o que estou dizendo, apenas alguma palavra ou frase solta. É a melhor maneira de nos ajudar.

Quando os dois se dirigiam para a porta, Reeves disse, apontando para uma fotografia:

– Ali está ela.

Harper olhou com atenção. Era um grupo de hockey. Reeves apontou para Pamela no centro da imagem do time.

"Uma boa menina", pensou Harper, ao olhar para o rosto sério da menina de maria-chiquinha.

Seus lábios desenharam uma linha reta quando pensou no corpo carbonizado dentro do carro.

Jurou para si mesmo que o assassinato de Pamela Reeves não deveria permanecer como um dos mistérios insolúveis de Glenshire.

Ruby Keene, ele admitiu secretamente, pode ter feito por merecer, mas Pamela Reeves era outra história. Uma boa menina como nunca viu igual. Não descansaria até prender o homem ou mulher que a matara.

Capítulo 11

Um ou dois dias depois, o coronel Melchett e o superintendente Harper se olharam por sobre a grande escrivaninha do primeiro. Harper fora a Much Benham para uma consulta.

Melchett disse, sorumbático:

– Bem, sabemos a que ponto chegamos, ou melhor, não chegamos!

– Onde não chegamos expressa melhor a situação, senhor.

– Temos duas mortes para considerar – disse Melchett. – Dois assassinatos, Ruby Keene e a menina Pamela Reeves. Não havia muito com que identificá-la, pobrezinha, mas o suficiente. Aquele sapato que escapou do fogo foi identificado pelo pai como sendo dela, e há o botão do uniforme de bandeirante. Um negócio diabólico, superintendente.

O superintendente Harper disse bem baixinho.

– Digo que tem razão, senhor.

– Fico aliviado de que era quase certo que a menina estava morta antes de atearem fogo ao carro. A forma como estava deitada, atravessada nos bancos, indica isso. É provável que tenha levado uma bordoada na cabeça, pobre menina.

– Ou quem sabe foi estrangulada – Harper sugeriu.

Melchett olhou para ele, intrigado:

– Acha isso?

– Bem, senhor, há assassinatos desse tipo.

– Eu sei. Estive com os pais, a mãe da pobre menina está fora de si. A coisa toda é dolorosa demais. A questão que devemos decidir é: esses dois assassinatos estão interligados?

– Diria com certeza que sim.

– Eu também.

O superintendente foi contando cada ponto com os dedos.

– Pamela Reeves foi a um encontro de bandeirantes em Danebury Downs. As colegas disseram que estava normal e alegre. Não retornou de ônibus com as três companheiras até Medchester. Informou que iria a Danemouth, na Woolworth's, e tomaria o ônibus de lá para casa. A estrada principal que entra em Danemouth, lá da baixada, faz uma volta grande por dentro. Pamela Reeves tomou um atalho por dois campos e uma estradinha que a levaria até Danemouth, perto do Hotel Majestic. A estradinha, na verdade, passa pelo lado oeste do hotel. É possível, portanto, que tenha escutado ou visto algo, algo relacionado a Ruby Keene, que se mostrou perigoso para o assassino; digamos, por exemplo, que o escutou combinando de encontrar Ruby Keene às onze da noite. Ele compreendeu que essa estudante ouvira a conversa e precisava silenciá-la.

O coronel Melchett disse:

– Isso pressupõe, Harper, que o crime de Ruby Keene foi premeditado, e não espontâneo.

O superintendente Harper concordou.

– Creio que foi, senhor. Aparenta ser o contrário, um ato súbito de violência, um ataque de paixão ou ciúme, mas estou começando a achar que não foi o caso. Do contrário, não consigo ver como podemos explicar a morte da filha do casal Reeves. Se ela foi testemunha do crime, seria tarde da noite, por volta das onze, e o que estaria fazendo no Majestic a uma hora dessas? Ora, às nove os pais já estavam ansiosos porque ela não voltara para casa.

– A alternativa é que tenha ido encontrar alguém em Danemouth, sem que os amigos e a família soubessem, e sua morte não está relacionada com a outra.

– Sim, senhor, e não acredito que foi assim. Veja como até a velhinha, a velha Miss Marple, percebeu de cara que havia uma conexão. Logo perguntou se o corpo no carro queimado era o da bandeirante desaparecida. Uma velha bem esperta aquela. Essas velhinhas às vezes são. Astutas, sabe. Sabem identificar o ponto vital da questão.

– Miss Marple fez isso mais de uma vez – disse o coronel Melchett, seco.

– E, além disso, senhor, temos o carro. Parece que liga a morte dela sem dúvida com o Hotel Majestic. Era o carro de George Bartlett.

Mais uma vez os olhos dos dois se encontraram.

– George Bartlett? Poderia ser! O que acha?

Mais uma vez Harper recitou, metódico, os vários pontos.

– Ruby Keene foi vista pela última vez com George Bartlett. Ele diz que ela foi para o quarto (comprovado pelo vestido que estava usando ter sido encontrado lá), mas foi para o quarto e se trocou *para sair com ele?* Será que marcaram um encontro para saírem juntos mais cedo, conversaram, digamos, antes do jantar, e Pamela Reeves escutou sem querer?

Melchett disse:

– Ele não informou o sumiço do carro até a manhã seguinte e foi extremamente vago sobre o assunto quando o fez, fingiu não se lembrar com precisão quando fora a última vez que reparara no veículo.

– Isso pode ser esperteza, senhor. Eu vejo assim, ou ele é um cavalheiro muito esperto se fingindo de burro, ou então... bom, ele é burro mesmo.

– O que nós precisamos – disse Melchett – é de um motivo. Do jeito que está, ele não tinha motivo algum para matar Ruby Keene.

– Sim... é aí que empacamos sempre. Motivo. Todos os relatórios do Palais de Danse em Brixwell são negativos, é isso?

– Cem por cento! Ruby Keene não tinha nenhum namorado em especial. Slack está investigando em detalhes o assunto... isso devemos conceder ao Slack, o homem sabe ser *meticuloso*.

– Está certo, senhor. Meticuloso é a palavra.

– Se houvesse algo para ser desencavado, ele teria desencavado. Mas não há nada ali. Conseguiu uma lista dos parceiros mais frequentes dela de dança, todos examinados e liberados. Uns camaradas inofensivos, e todos tinham álibi para aquela noite.

– Ah – exclamou o superintendente Harper. – Álibis. É isso que precisamos enfrentar.

Melchett olhou para ele com ar crítico.

– Acha mesmo? Deixei esse lado da investigação para você.

– Pois é, senhor. Examinei a questão... em detalhes. Mandamos pedir ajuda a Londres por conta disso.

– E?

– O sr. Conway Jefferson pode achar que o sr. Gaskell e a jovem sra. Jefferson estão bem de vida, mas não é o caso. Os dois estão numa dureza extrema.

– Isso é verdade?

– Bem verdade, senhor. É como o sr. Conway Jefferson falou, ele passou uma quantia considerável em dinheiro para nome do filho e da filha quando se casaram. Isso faz mais de dez anos. O sr. Jefferson se imaginava conhecedor de bons investimentos. Não arriscou em nada muito fora do normal, mas não deu sorte e demonstrou ter escolhido mal repetidas vezes. Seus bens foram diminuindo paulatinamente. Diria que a viúva encontrou dificuldades para pagar as contas e mandar o filho para uma boa escola.

– Mas não pediu ajuda ao sogro?

– Não, senhor. Até onde pude entender, ela mora com ele e, por causa disso, não tem despesas com moradia.

– E com o estado de saúde dele não se esperava que fosse durar muito?

– Isso mesmo, senhor. Agora, com respeito ao sr. Gaskell. É jogador, pura e simplesmente. Acabou com o dinheiro da mulher rapidinho. Está enrolado de maneira bastante crítica no momento. Precisa muito de muito dinheiro.

– Não posso dizer que fui com a cara dele – declarou o coronel Melchett. – Tem um aspecto meio ensandecido... não é? E tem então um motivo. Vinte e cinco mil libras eram o que significava tirar aquela moça do caminho. Sim, é um motivo com certeza.

– Os dois tinham motivo.

– Não estou considerando a sra. Jefferson.

– Não, senhor, sei que não está. E, de todo jeito, o álibi dos dois é sólido. Eles não *poderiam* ter cometido o crime. Só isso.

– Tem declarações detalhadas dos movimentos deles naquela noite?

– Sim, tenho. Tomemos primeiro o sr. Gaskell. Jantou com o sogro e a sra. Jefferson, tomou café com os dois mais tarde, quando Ruby Keene se juntou a eles. Então disse que precisava escrever cartas e saiu. Na verdade, pegou o carro e foi dar uma volta na orla. Ele me falou com total franqueza que não aguentaria jogar bridge uma noite inteira. O velhote é louco pelo jogo. Então inventou a desculpa das cartas. Ruby Keene permaneceu com os outros. Mark Gaskell retornou quando ela estava dançando com Raymond. Depois da dança, Ruby foi tomar um drinque com eles e então foi dançar com o jovem Bartlett, enquanto Gaskell e os outros formaram as parcerias e começaram o bridge. Aquilo foi às vinte para as onze, e ele não deixou a mesa até depois da meia-noite. Isso é quase certo, senhor. Todo mundo confirma. A família, os garçons, todos. Portanto, *ele* não poderia ter cometido o crime. E o álibi da sra. Jefferson é o mesmo. Ela também não saiu da mesa. Os dois estão fora, ambos fora.

O coronel Melchett reclinou-se para trás, tamborilando na mesa com um cortador de papel.

O superintendente Harper disse:

– Isto é, supondo que a moça tenha sido morta antes da meia-noite.

– Haydock disse que foi. Ele é um camarada muito preciso no trabalho policial. Se afirma algo, assim é.

– Pode haver motivos, saúde, uma idiossincrasia física, ou algo.

– Vou sugerir – Melchett consultou o relógio, apanhou o telefone e solicitou um número. Falou: – Haydock deve estar em casa uma hora dessas. Agora, supondo que ela tenha sido morta *depois* da meia-noite?

Harper disse:

– Então pode haver uma chance. Houve um certo entra e sai depois. Vamos dizer que Gaskell pedira à moça que o encontrasse lá fora, em algum lugar, digamos à meia-noite e vinte. Sai de fininho por alguns instantes, a estrangula, volta e se desfaz do corpo mais tarde, nas primeiras horas da manhã.

Melchett disse:

– Levando-a de carro por quase cinquenta quilômetros para depositar o corpo na biblioteca dos Bantry? Ora essa, não é uma história provável.

– Não, não é – o superintendente admitiu logo.

O telefone tocou. Melchett atendeu.

– Alô, Haydock, é você? Ruby Keene. Seria possível ela ter sido morta *depois* da meia-noite?

– Falei para vocês que foi morta entre dez e meia-noite.

– Sim, sei, mas daria para esticar um pouco, não?

– Não, não pode esticar. Quando digo que foi morta antes da meia-noite, estou dizendo antes da meia-noite, e não tente interferir em evidências médicas.

– Sim, mas não poderia ter acontecido algo fisiológico? Sabe o que quero dizer.

– Sei que não sabe do que está falando. A moça era perfeitamente saudável e não era anormal de modo algum, e não vou dizer que era só para ajudar vocês e enrolarem a corda no pescoço de um infeliz em quem vocês da polícia estão enfiando a faca. Nem pense em protestar. Conheço seus métodos e, aliás, a garota não foi estrangulada voluntariamente, melhor dizendo, ela foi dopada primeiro. Um narcótico poderoso. Morreu de estrangulamento, mas foi dopada antes.

Haydock desligou.

Melchett anunciou com pesar:

– Bem, é o que é.

Harper disse:

– Achei que poderia ter descoberto outra linha possível, mas esfriou.

– O que foi? Quem?

– Falando claramente, senhor, ele é de sua responsabilidade. O nome é Basil Blake. Mora perto de Gossington Hall.

– Aquele arrogantezinho impudente! – o cenho do coronel se obscureceu quando lembrou da grosseria ultrajante de Basil Blake. – De que maneira está envolvido nisso?

– Parece que conhecia Ruby Keene. Jantava no Majestic com frequência, dançava com a moça. Lembra do que Josie perguntou a Raymond quando descobriram que Ruby havia sumido? "Ela não está com aquele camarada dos filmes, está?" Descobri que era de Blake que ela estava falando. É funcionário do Lemville Studios, sabe. Josie não tinha embasamento algum, só a crença de que Ruby estaria bem interessada nele.

– Muito promissor, Harper, muito promissor.

– Não tão bom como parece, senhor. Basil Blake estava em uma festa nos estúdios naquela noite. Conhece o estilo de festa. Começa às oito com coquetéis e segue adiante até o ar ficar tão grosso que não se enxerga nada, e todo mundo desmaia de tanto beber. De acordo com o inspetor Slack, que o questionou, ele saiu da função por volta da meia-noite. À meia-noite, Ruby Keene estava morta.

– Alguém comprova essa alegação?

– A maioria deles, pelo que entendi, senhor, estava bastante, hã, passada. A... hã... jovem que está agora no bangalô, a srta. Dinah Lee, diz que a declaração dele está correta.

– Não quer dizer nada!

– Não, senhor, é provável que não. Declarações colhidas de outros membros da festa de modo geral comprovam a afirmação do sr. Blake, embora as noções de tempo sejam um pouco vagas.

– Onde ficam esses estúdios?

– Lemville, senhor, cinquenta quilômetros a sudoeste de Londres.

– Hmmm, e em torno da mesma distância daqui?

– Sim, senhor.

O coronel Melchett esfregou o nariz. Falou em um tom bastante insatisfeito:

– Bom, parece que podemos deixá-lo fora desta.

– Acho que sim, senhor. Não temos provas de que se sentia seriamente atraído por Ruby Keene. Na verdade... – o superintendente Harper pigarreou, cerimonioso –, parece que está bem ocupado com sua própria rapariga.

Melchett disse:

– Bem, nos resta um "X", um assassino desconhecido, tão desconhecido que Slack não acha pistas dele! Ou o genro do Jefferson, que pode ter desejado matar a menina, mas não teve a oportunidade. A nora idem. Ou George Bartlett, que não tem álibi, mas infelizmente também não tem motivo. E esse é o grupo todo! Não, espere, talvez devamos considerar o rapaz bailarino, Raymond Starr. Afinal, ele conviveu bastante com ela.

Harper disse devagar:

– Não posso acreditar que tivesse muito interesse nela, ou então é um ator de talento explosivo. E, para todos os propósitos práticos, tem um álibi também. Estava mais ou menos à vista entre dez e quarenta e meia-noite, dançando com várias pessoas. Não vejo como podemos compor um argumento para incriminá-lo.

– Na verdade – disse coronel Melchett –, não conseguimos incriminar ninguém.

– George Bartlett é nossa única esperança. Se ao menos pudéssemos encontrar um motivo.

– Já averiguaram a vida dele?

– Já, senhor. Filho único. Mimado pela mãe. Herdou um bocado de dinheiro com a morte dela um ano atrás. Está gastando rápido. Está mais para fraco do que para imoral.

– Pode ser doido – disse Melchett, esperançoso.

O superintendente Harper assentiu. Disse:

– Já pensou nisso, senhor, que essa pode ser a explicação para o caso todo?

– Um lunático criminoso, é isso?

– É, senhor. Um daqueles sujeitos que saem por aí estrangulando menininhas. Os médicos dão um nome bem comprido para isso.

– Isso resolveria todas as nossas dificuldades – concordou Melchett.

– Só há um detalhe de que não gosto na ideia – comentou o superintendente Harper.

– Qual?

– É fácil demais.

– Hmm, é... talvez. Então, como eu dizia lá no começo, aonde já chegamos com o caso?

– A lugar nenhum, senhor – respondeu o superintendente Harper.

Capítulo 12

I

Conway Jefferson acordou aos poucos e se espreguiçou. Seus braços ficaram estirados para fora da cama, braços longos e poderosos, os quais pareciam concentrar toda a força de seu corpo desde o acidente.

Por trás das cortinas, a luz da manhã cintilava com suavidade.

Conway Jefferson sorriu consigo. Depois de uma noite de descanso, sempre acordava daquele jeito, feliz, renovado, com sua vitalidade revigorada. Mais um dia!

Ficou deitado só por um minuto. Então apertou a campainha especial junto à mão. E, em seguida, uma onda de lembranças tomou conta dele.

Mesmo com Edwards entrando cuidadoso e silencioso no quarto, um grunhido foi emitido pelo patrão.

Edwards parou, com a mão segurando as cortinas. Perguntou:

– Não está sentindo dor, senhor?

Conway Jefferson respondeu, ríspido:

– Não. Ande logo, pode abri-las.

A claridade invadiu o quarto. Edwards, compreensivo, não olhou para o patrão.

Com expressão pesarosa, Conway Jefferson ficou deitado relembrando e pensando. Diante de seus olhos viu mais uma vez a face inexpressiva e bela de Ruby. Só que em seus pensamentos não usou o adjetivo "inexpressivo". Na noite anterior, teria dito que era inocente. Uma criança ingênua e inocente! E agora?

Uma fadiga imensa tomou conta de Conway Jefferson. Fechou os olhos. Ciciou de maneira quase inaudível:

– Margaret...

Era o nome de sua falecida esposa...

II

– Gosto de sua amiga – Adelaide Jefferson disse para a sra. Bantry.

As duas estavam sentadas no terraço.

– Jane Marple é uma mulher excepcional – disse a sra. Bantry.

– E é simpática também – acrescentou Addie, sorrindo.

– As pessoas dizem que é mexeriqueira – disse a sra. Bantry –, mas de fato não é.

– Apenas tem uma opinião desfavorável sobre a natureza humana?

– Pode-se dizer que sim.

– É bastante revigorante – comentou Adelaide Jefferson –, depois de presenciar tanto do extremo oposto.

A sra. Bantry olhou para ela, intrigada.

Addie se explicou.

– Tantos pensamentos elevados idealizando um objeto sem mérito!

– Está falando de Ruby Keene?

Addie assentiu.

– Não quero ser desagradável sobre ela. Não tinha más intenções. Pobrezinha, precisava lutar pelo que queria. Não era má. Era comum, bastante tola e simpática, mas era uma interesseira de marca maior. Não acho que armava e manipulava. Apenas se apressou em tirar vantagem de uma possibilidade. E sabia bem como encantar um senhor de idade que estava... solitário.

– Suponho – disse a sra. Bantry, pensativa – que Conway *estivesse* solitário.

Addie se remexeu, inquieta. Falou:

– Estava... neste verão. – Fez uma pausa e então disparou: – Mark vai dizer que é tudo culpa minha. Talvez seja, não sei.

Ficou em silêncio um instante, então, impelida pela necessidade de desabafar, começou a falar de maneira truncada, quase relutante.

– Eu... tive uma vida esquisita. Mike Carmody, meu primeiro marido, morreu muito cedo, logo depois de nos casarmos... aquilo... aquilo acabou comigo. Peter, como sabe, nasceu depois da morte dele. Frank Jefferson era um grande amigo de Mike. Então passei a encontrá-lo bastante. Era padrinho de Peter, Mike queria assim. Fiquei muito afeiçoada a ele... e... oh!... com pena dele também.

– Pena? – inquiriu a sra. Bantry, interessada.

– Sim, só isso. Soa estranho. Frank sempre teve tudo que queria. Seu pai e sua mãe não poderiam ter sido melhores para ele. E, ainda assim, como posso explicar? ...veja bem, a personalidade do velho sr. Jefferson é tão forte. Para conviver com ele, não se pode adquirir uma personalidade própria. Frank se sentia assim.

"Quando nos casamos, ele era muito feliz, era uma maravilha. O sr. Jefferson foi muito generoso. Passou uma grande soma em dinheiro para Frank; disse que queria que os filhos fossem independentes e não precisassem esperar por sua morte. Foi muita bondade dele, tão generoso. Mas foi muito de repente. Deveria ter acostumado Frank a ter independência aos poucos.

"Aquilo lhe subiu à cabeça. Queria ser um homem tão bom como o pai, tão astuto para o dinheiro e os negócios, tão visionário e bem-sucedido. E, claro, não era. Não chegou a especular com o dinheiro, mas investiu nas coisas erradas e no momento errado. É aterrorizante, sabe, o quão rápido o dinheiro se vai quando não sabemos usá-lo. Quanto mais Frank despencava, mais ansioso ficava para recuperar o dinheiro em algum negócio da China. Então as coisas iam de mal a pior."

– Mas, minha querida – disse a sra. Bantry –, Conway não poderia ter aconselhado o filho?

– Ele não queria se aconselhar. O que mais desejava era se sair bem sozinho. Foi por isso que nunca contou ao sr. Jefferson. Quando Frank morreu, sobrara muito pouco... apenas uma pequena renda para mim. E eu... eu também não contei para o pai dele. Entenda...

Virou-se de súbito.

– Seria como se eu delatasse Frank para ele. Frank teria odiado. O sr. Jefferson esteve doente por muito tempo. Quando melhorou, supôs que eu fosse uma viúva de posses. Nunca o desiludi. Tem sido uma questão de honra. Sabe que sou muito cuidadosa com dinheiro, mas aprova essa atitude, acha que sou econômica. E, claro, Peter e eu moramos com ele praticamente desde então, e paga por todas as nossas despesas diárias. Então, nunca precisei me preocupar.

Ela disse devagar:

– Vivemos como uma família por todos esses anos... só que... só que... entenda (ou você não vê?), eu nunca fui a *viúva* de Frank para ele, sempre fui a *esposa* de Frank.

A sra. Bantry entendeu a implicação.

– Está dizendo que ele nunca aceitou as mortes?

– Não. Ele sempre foi maravilhoso. Mas superou sua própria tragédia recusando-se a reconhecer a morte. Mark é marido de Rosamund, e eu sou esposa de Frank; e, embora Frank e Rosamund não estejam de fato aqui conosco, eles ainda existem.

A sra. Bantry falou baixinho:

– É um triunfo e tanto da fé.

– Eu sei. Seguimos assim, ano após ano. Mas, de repente, neste verão, algo deu errado dentro de mim. Senti... senti uma rebeldia. É uma coisa horrível de se dizer, mas não queria mais pensar em Frank! Tudo aquilo havia terminado, meu amor e meu companheirismo com ele e meu luto por sua morte. Era algo que existira, mas não existia mais.

"É dificílimo de descrever. É como querer passar tudo a limpo e começar do zero. Queria ser eu mesma, Addie, ainda um tanto jovem, forte e capaz de brincar e nadar e dançar, ser apenas uma *pessoa*. Até Hugo... (conhece Hugo McLean?) ele é muito querido e quer se casar comigo, mas, claro, nunca pensei no assunto... mas este verão, *comecei* a pensar, não com tanta seriedade... apenas uma vaga ideia..."

Parou e balançou a cabeça.

– E então, suponho que seja verdade. *Negligenciei Jeff.* Não digo que fui negligente *de fato*, mas minha cabeça e meus pensamentos não estavam com ele. Quando Ruby, do meu ponto de vista, o divertia, eu ficava bem aliviada. Aquilo me deixava mais livre para sair e fazer as minhas coisas. Jamais sonhei... claro, jamais sonhei... que fosse ficar tão... tão *encantado* com ela!

A sra. Bantry perguntou:

– E quando descobriu?

– Fiquei estupefata, completamente estarrecida. E receio que brava, também.

– *Eu* teria ficado brava – disse a sra. Bantry.

– Havia Peter, entende. O futuro inteiro de Peter depende de Jeff. Jeff praticamente o tratava como neto, ou era assim que eu pensava, mas, claro, ele não era neto. Não tem parentesco algum. E pensar que seria deserdado! – suas mãos firmes e bem moldadas tremiam um pouco quando as descansou no colo. – Pois foi assim que me senti, e por causa de uma golpistazinha simplória e vulgar... Ai! Eu queria matar aquela menina!

Parou, atônita. Seus lindos olhos claros encontraram os da sra. Bantry em um horror suplicante. Disse:

– *Que coisa mais horrível de se dizer!*

Hugo McLean chegou de mansinho atrás delas e perguntou:

– O que é uma coisa horrível de se dizer?

– Sente-se, Hugo. Conhece a sra. Bantry, não conhece?

McLean já havia cumprimentado a senhora mais velha. Falava então com um tom baixo e perseverante:

– O que foi uma coisa horrível de se dizer?

Addie Jefferson respondeu:

– Que eu gostaria de ter matado Ruby Keene.

Hugo McLean refletiu por alguns instantes. Então disse:

– Não, eu não falaria isso se fosse você. Pode ser mal compreendida.

Seus olhos, acinzentados, firmes e reflexivos, a fitaram significativamente.

Falou:

– *Precisa cuidar onde pisa, Addie.*

Havia um tom de advertência na voz dele.

III

Quando Miss Marple saiu do hotel e se encontrou com a sra. Bantry poucos minutos depois, Hugo McLean e Adelaide Jefferson estavam caminhando juntos pela trilha que levava até o mar.

Sentando-se, Miss Marple comentou:

– Ele parece muito dedicado.

– É dedicado há anos! É um desses.

– Conheço. Como o major Bury. Ficou rondando uma viúva anglo-indiana por quase dez anos. Era motivo de piada entre os amigos dela! No fim, ela se rendeu, mas, infelizmente, dez dias antes da data do casamento, fugiu com o chofer! Uma mulher tão simpática também, e de modo geral tão equilibrada.

– As pessoas fazem coisas esquisitas – concordou a sra. Bantry. – Queria que estivesse aqui agora há pouco, Jane. Addie Jefferson estava me contando a vida dela, como o marido gastou todo o dinheiro, mas nunca deixaram transparecer nada para o sr. Jefferson. E então, neste verão, as coisas mudaram para ela...

Miss Marple assentiu.

– Sim. Ela se rebelou, suponho, contra a ideia de ser forçada a viver no passado? Afinal de contas, há um tempo para cada coisa. Não se pode sentar dentro de casa com as persianas fechadas para sempre. Suponho que a sra. Jefferson as abriu e tirou seus trajes de viuvez, e o sogro, claro, não gostou. Sentiu-se abandonado, embora não imagino que nem por um minuto ele tenha percebido quem a pusera naquela posição. Ainda assim, não gostou nem um pouco. E então, claro, como o velho sr. Badger quando a esposa começou a estudar espiritismo, tornou-se uma presa fácil para o que aconteceu. Qualquer mocinha bonita que soubesse ouvir com atenção servia.

– Acha – perguntou a sra. Bantry – que aquela prima, Josie, a chamou para cá de propósito, que foi uma trama em família?

Miss Marple fez que não.

– Não, não acho nada disso. Não acho que Josie tenha o tipo de cabeça que poderia prever as reações das pessoas. Ela é bastante obtusa nesse sentido. Tem uma dessas mentes espertas, limitadas e práticas que nunca anteveem o futuro e ficam em geral abismadas quando algo acontece.

– Parece ter pegado todo mundo de surpresa – disse a sra. Bantry. – Addie e Mark Gaskell também, ao que tudo indica.

Miss Marple sorriu.

– Arrisco dizer que ele tinha outros interesses. Um camarada ousado com o olhar errante! Não é homem de seguir por anos fazendo o papel do viúvo entristecido, não importa o quanto tivesse afeto pela esposa. Acho que os dois estavam inquietos sob o jugo das perpétuas recordações do sr. Jefferson. Só que – acrescentou Miss Marple, com cinismo – é sempre mais fácil para os cavalheiros, é claro.

IV

Naquele exato instante, Mark confirmava essa avaliação feita sobre ele em uma conversa com Sir Henry Clithering.

Com candor característico, Mark foi direto ao cerne da questão.

– Acabo de me dar conta – disse – de que sou o Suspeito Número Um Favorito para a polícia! Andaram pesquisando meus problemas financeiros. Estou quebrado, sabe, ou muito próximo disso. Se o velho e querido Jeff morre de acordo com o esperado, dentro de um ou dois meses, e Addie e eu dividimos o dinheiro, também de acordo com o combinado, tudo fica bem. Para dizer a verdade, estou devendo um bom montante... Se vier a falência, vai chegar com estrondo! Se puder repelir os acontecimentos, vai se dar o contrário, saio por cima e como um homem muito rico.

Sir Henry Clithering disse:

– É um jogador, Mark.

– Sempre fui. Arrisco tudo; esse sempre foi o meu lema! Sim, foi por sorte que alguém estrangulou aquela pobre menina. Eu não fiz isso. Não sou um estrangulador. Não acho que conseguiria algum dia matar alguém. Sou tranquilo demais. Mas não imagino que possa pedir que a polícia *acredite* nisso! Devo lhes parecer como a resposta às preces do investigador criminal! Eu tinha motivo, estava no local, não tenho o peso de grandes escrúpulos morais! Não consigo imaginar como ainda não fui parar na cadeia! Aquele superintendente tem um olhar sórdido.

– Você tem aquele detalhe muito útil, um álibi.

– Um álibi é a coisa mais duvidosa na face da Terra! Nenhum inocente algum dia teve um álibi! Além do mais, tudo depende da hora da morte ou algo assim, e pode ter certeza de que, se três médicos disserem que a moça foi morta à meia-noite, vão encontrar pelo menos outros seis que juram com toda a certeza que ela foi morta às cinco da manhã... e onde vai parar meu álibi nesse caso?

– De qualquer forma, está conseguindo fazer piada do assunto.

– Um mau gosto e tanto, não? – disse Mark, jovial. – Na realidade, estou bem aterrorizado. Quem não ficaria... com um assassinato! E não pense que não sinto pena do velho Jeff. Sinto, sim. Mas é melhor assim, por pior que tenha sido o choque, do que se ele tivesse descoberto quem ela é.

– Que quer dizer com descobrir quem ela é?

Mark deu uma piscadela.

– Para onde ela foi ontem à noite? Aposto qualquer coisa que foi se encontrar com um homem. Jeff não teria gostado disso. Ele não teria gostado nada disso. Se descobrisse que ela o enganava, que não era a pequena inocente tagarela que parecia... bem... bem, meu sogro é um homem insólito. É um homem de grande autocontrole, mas esse autocontrole pode estourar. E então... cuidado!

Sir Henry olhou para ele com curiosidade.

– Gosta dele ou não?

– Gosto muito dele, e ao mesmo tempo guardo ressentimento. Vou tentar explicar. Conway Jefferson é um homem que gosta de controlar seu entorno. É um déspota benevolente, gentil, generoso e afetuoso... Mas é ele quem toca a música, e os outros dançam de acordo.

Mark Gaskell fez uma pausa.

– Eu amava minha esposa. Jamais sentirei o mesmo por qualquer outra. Rosamund era toda brilho do sol, risadas alegres e flores e, quando morreu, me senti como um homem que levou um nocaute no ringue. Mas o juiz está contando o tempo. Sou homem, afinal de contas. Gosto de mulheres. Não quero me casar de novo, não faço questão. Bom, está bem assim. Tive de ser discreto, mas tive minhas diversões, claro. A pobre Addie, não. Addie é uma mulher muito boa. É do tipo de mulher com quem os homens querem se casar, não dormir com elas. Dê a ela meia oportunidade, vai se casar de novo e ser muito feliz e fazer o sujeito muito feliz também. Mas o velho Jeff sempre a enxergou como a esposa de Frank... e a hipnotizou a ver a si mesma desse jeito. Ele não sabe, mas vivemos numa prisão. Eu escapuli, na surdina, há muito tempo. Addie escapuliu este verão, e foi um choque para ele. O mundo dele caiu. O resultado: Ruby Keene.

E cantou de maneira impressionante:

Mas ela está na sepultura, e, oh,
Tudo mudou no meu mundo!

– Venha, vamos tomar um drinque, Clithering.

Não era nenhuma surpresa, refletiu Sir Henry, que Mark Gaskell fosse alvo de suspeitas da polícia.

Capítulo 13

I

O dr. Metcalf era um dos médicos mais conhecidos em Danemouth. Não tinha modos agressivos, e sua presença no quarto dos doentes surtia um efeito invariavelmente animador. Era um homem de meia-idade com uma voz suave e agradável

Escutou com atenção às perguntas do superintendente Harper e respondeu com delicada precisão.

Harper disse:

– Posso acreditar, doutor Metcalf, que o que me foi dito pela sra. Jefferson estava essencialmente correto?

– Estava, a saúde do sr. Jefferson está num estado precário. Por vários anos já, o homem vem se desgastando sem piedade. Em sua determinação de viver como qualquer outro, vem vivendo em um ritmo muito mais forte do que um homem normal da idade dele. Ele se recusa a repousar, a ir devagar com as coisas, a andar com calma... ou qualquer outro conselho que eu e os outros médicos dele usamos para expressar nossa opinião clínica. O resultado é que o homem é uma máquina que trabalhou em excesso. O coração, os pulmões, a pressão arterial, estão todos esgotados.

– Afirma que o sr. Jefferson tem sido irredutível em sua recusa a ouvir?

– Sim. Não posso dizer que o culpo. Não é o que digo aos meus pacientes, superintendente, mas um homem pode tanto se desgastar quanto enferrujar. Vários dos meus colegas fazem isso, e, ouça o que digo, não é um jeito ruim de envelhecer. Em um lugar como

Danemouth, a gente vê mais do outro exemplo: inválidos se agarrando à vida, aterrorizados de fazerem um esforço além da conta, apavorados com uma brisa fria, um germe à solta ou uma refeição imprudente!

– Imagino que seja bem verdade – disse o superintendente Harper. – Tudo se resume então nisso: Conway Jefferson tem força suficiente, em termos físicos, ou melhor, em termos musculares. E o que é capaz de realizar em termos de atividade, a propósito?

– Tem uma força imensa nos braços e ombros. Era um homem poderoso antes do acidente. É extremamente hábil em manusear sua cadeira de rodas e, com o auxílio de muletas, pode se movimentar em um cômodo, indo da cama até a poltrona, por exemplo.

– Não seria possível para um homem com as lesões do sr. Jefferson receber pernas artificiais?

– Não no caso dele. Houve uma lesão na coluna.

– Entendo. Permita-me resumir de novo. Jefferson é forte e está em forma em termos musculares. Ele se sente bem e tudo?

Metcalf assentiu.

– Mas seu coração está em más condições. Qualquer esforço extra, ou mais vigoroso, ou um choque, um susto repentino, e pode bater as botas. É isso?

– Mais ou menos. O esforço excessivo o está matando lentamente porque não se entrega quando se sente cansado. Isso agrava a condição cardíaca. É improvável que o esforço fosse matá-lo de repente. Mas um choque súbito, ou um susto, pode fazer isso. É por esse motivo que adverti a família expressamente.

O superintendente Harper falou devagar:

– Mas, na realidade, um choque *não* o matou. Digo, doutor, não poderia haver um choque maior do que essa história, e ele segue vivo?

O dr. Metcalf deu de ombros.

– Eu sei. Mas se tivesse minha experiência, superintendente, saberia que a história dos diagnósticos demonstra a impossibilidade de se fazerem prognósticos precisos. As pessoas que *deveriam* morrer por causa de um choque ou escândalo *não* morrem de choque e escândalo etc. etc. A constituição humana é mais resistente do que se imagina possível. Além do mais, na minha experiência, um choque *físico* é em geral mais fatal que um choque *mental*. Em linguagem simples, uma porta que bate de repente tem mais chance de matar o sr. Jefferson do que a descoberta de que uma garota à qual se afeiçoou morreu de forma particularmente horrorosa.

– E por que isso? É o que me pergunto.

– A chegada de uma notícia ruim quase sempre ativa uma reação de defesa. Anestesia quem a recebe. Ele fica incapaz, num primeiro momento, de absorver a informação. A compreensão completa leva um tempo. Mas a porta batida, alguém pulando de um armário para dar um susto, a arremetida súbita de um carro ao atravessar a rua, todas essas coisas têm ação imediata. O coração dá um salto aterrorizado, para colocar em linguagem leiga.

O superintendente Harper disse devagar:

– Mas, até onde todo mundo sabe, a morte do sr. Jefferson poderia ser facilmente causada pelo choque da morte da menina?

– Ah, facilmente – o médico olhou com curiosidade para o outro. – Não está pensando...

– Não sei no que pensar – disse o superintendente Harper, contrariado.

II

– Mas precisa concordar, senhor, que as duas coisas se encaixariam que é uma beleza – falou mais tarde para

Sir Henry Clithering. – Matariam dois coelhos com a mesma cajadada. Primeiro a moça e, então, a ocasião da morte dela daria cabo do sr. Jefferson também, antes que ele tivesse a chance de mexer no testamento.

– Acha que ele vai mexer?

– O senhor tem mais chance de saber isso do que eu. O que diz?

– Não sei. Antes que Ruby Keene aparecesse, por acaso, eu soube que ele deixara o dinheiro repartido entre Mark Gaskell e a sra. Jefferson. Não vejo por que ele agora mudaria de ideia a respeito. Mas, claro, pode fazer isso. Pode acabar deixando para um lar de gatos ou para subsidiar jovens dançarinos profissionais.

O superintendente Harper concordou.

– Nunca se sabe o que vai dar na telha de alguém, em especial quando não sente que tem qualquer obrigação moral na cessão de sua fortuna. Nenhum parentesco de sangue, neste caso.

Sir Henry disse:

– Ele tem afeto pelo menino, o jovem Peter.

– Acha que o vê como um neto? Saberia disso melhor do que eu, senhor.

Sir Henry respondeu devagar:

– Não, acho que não.

– Há outra coisa que gostaria de lhe perguntar, senhor. É algo que não posso julgar por mim mesmo. Mas são seus amigos, então deve saber. Gostaria muito de saber o quanto o sr. Jefferson aprecia o sr. Gaskell e a jovem sra. Jefferson.

Sir Henry franziu a testa.

– Não sei se o estou compreendendo, superintendente.

– Bem, é assim, senhor: o quanto ele os aprecia como *pessoas*, independente de sua relação com eles?

– Ah, estou entendendo.

– É, senhor. Ninguém duvida que seja muito apegado aos dois, mas ficou apegado, na minha forma de ver, por causa de quem eram; respectivamente, o marido da filha e a esposa do filho. Mas, suponhamos, por exemplo, que um deles houvesse se casado de novo?

Sir Henry refletiu. Disse:

– É um ponto interessante este que está levantando. Não sei. Estou inclinado a suspeitar, é uma mera opinião, que teria alterado bastante a atitude dele. Ele teria desejado que fossem felizes, não guardaria rancor, mas acho, sim, acredito mesmo que teria muito pouco interesse neles dali em diante.

– Em ambos os casos, senhor?

– Acho que sim, é. No caso do sr. Gaskell, quase que com certeza, e acho que também para com a sra. Jefferson, mas no caso dela não é tão nítido assim. Creio que tenha se afeiçoado a *ela* pela pessoa que é.

– O sexo teria algo a ver com isso – comentou o superintendente Harper com sabedoria. – Mais fácil enxergá-la como uma filha do que ver o sr. Gaskell como filho. Vale para os dois lados. As mulheres aceitam um genro como alguém da família com facilidade, mas não há muitas circunstâncias em que uma mulher veja a esposa do filho como filha.

O superintendente Harper prosseguiu:

– Importa-se se seguirmos por este caminho, senhor, até a quadra de tênis? Estou vendo Miss Marple sentada lá, quero pedir que faça algo por mim. Na realidade, quero convocar vocês dois.

– De que maneira, superintendente?

– Para ter acesso a coisas que eu mesmo não consigo. Quero que aborde Edwards para mim, senhor.

– Edwards? O que quer com ele?

– Tudo que possa imaginar! Tudo que ele sabe e o que pensa! Sobre a relação entre vários membros da família, seu ponto de vista na história de Ruby Keene. Informações internas. Ele conhece melhor do que ninguém o estado das coisas... pode apostar! E não contaria nada para *mim*. Mas contaria ao *senhor*. E algo pode *emergir* por causa disso. Isto é, claro, se não fizer objeção.

Sir Henry respondeu sombrio:

– Não faço objeção. Mandaram me chamar, com urgência, para que eu chegasse à verdade. Tenho a intenção de dar o melhor de mim.

Acrescentou:

– Como quer que Miss Marple o ajude?

– Com algumas meninas. Algumas daquelas bandeirantes. Já reunimos uma meia dúzia, as que eram mais próximas de Pamela Reeves. É possível que saibam de algo. Entenda, andei pensando, me parece que, se aquela menina estivesse indo de fato à Woolworth's, tentaria convencer alguma outra a ir junto. As meninas em geral gostam de fazer compras acompanhadas.

– Sim, acho que é verdade.

– Então, acho possível que a loja fosse apenas uma desculpa. Quero saber onde a menina estava indo de fato. Pode ter deixado escapar alguma coisa. Se for isso, sinto que Miss Marple é a pessoa certa para arrancar essa informação das amigas. Diria que ela entende alguma coisa de meninas, ao menos mais do que eu. E, afinal, elas teriam medo da polícia.

– Soa como o tipo de problema doméstico do vilarejo que cai bem na linha de Miss Marple. Ela é muito astuta, sabe.

O superintendente sorriu. Disse:

– Diria que está certo. Não deixa passar nada.

Miss Marple levantou o rosto ao ver os dois se aproximando e os recebeu, ávida. Ouviu o pedido do superintendente e concordou logo.

– Gostaria muito de ajudá-lo, superintendente, e acho que talvez eu *possa* lhe ser útil. Por causa da escola dominical, sabe, e das escoteiras, e as bandeirantes, e tendo o orfanato por perto... estou no comitê, sabe, e com frequência vou lá conversar com a diretora, e também há as *criadas*, em geral tenho criadas bem novinhas. Ah, sim, tenho bastante experiência em identificar quando uma menina está falando a verdade e quando está escondendo algo.

– De fato, é uma expert – disse Sir Henry.

Miss Marple lhe lançou um olhar de reprovação e disse:

– Oh, *por favor*, não ria de mim, Sir Henry.

– Não sonharia em debochar da senhora. A senhora foi quem riu de mim tantas vezes.

– A gente vê mesmo tanta maldade em um vilarejo – murmurou Miss Marple com tom explicativo.

– Aliás – disse Sir Henry –, esclareci o assunto que a senhora me pediu. O superintendente me confirmou que havia pontas de unhas cortadas no cesto de papel de Ruby.

Miss Marple disse, pensativa.

– Havia? Então era isso...

– Por que queria saber, Miss Marple? – perguntou o superintendente.

Miss Marple respondeu:

– Foi uma das coisas que, bom, que me pareceram *erradas* quando olhei para o cadáver. As mãos estavam erradas, de certa forma, e não conseguia entender de início o *porquê*. Então lembrei que as moças que são muito arrumadas em geral têm unhas muito longas.

Claro, sei que as meninas por toda a parte roem as unhas, é um daqueles hábitos difíceis de abandonar. Mas a vaidade em geral ajuda muito. Ainda assim, presumi que essa moça *não* havia se curado. E então o menininho, Peter, sabem, disse algo que provava que as unhas dela *eram* longas, só que uma se prendeu e quebrou. Então, claro, ela pode ter cortado o resto para deixar igual, e perguntei sobre as unhas cortadas, e Sir Henry disse que descobriria para mim.

Sir Henry assinalou:

– A senhora acaba de dizer "*uma* das coisas que pareceram erradas" quando olhou para o corpo. Havia mais alguma coisa?

Miss Marple assentiu com vigor.

– Ah, sim! – disparou. – Havia o vestido. O vestido estava *todo* errado.

Ambos olharam para ela com curiosidade.

– Ora, por quê? – indagou Sir Henry.

– Bem, vejam, era velho. Josie afirmou isso, com certeza, e pude ver por mim mesma que estava roto e bastante gasto. Agora, isso está muito errado.

– Não entendo o motivo.

Miss Marple ficou um pouco corada.

– Bem, a ideia não é que Ruby Keene trocou de vestido e saiu para se encontrar com alguém por quem tivesse aquilo que meu sobrinho chama de "uma queda"?

Os olhos do superintendente brilharam um pouco.

– Essa é a teoria. Ela teria marcado um encontro com alguém, um namorado, como se diz.

– Então por que – indagou Miss Marple – estaria usando um vestido velho?

O superintendente coçou a cabeça, pensativo. Falou:

– Vejo seu ponto. Acha que vestiria um novo?

– Acho que usaria seu melhor vestido. As meninas fazem isso.

Sir Henry se intrometeu.

– Sim, mas veja só, Miss Marple. Suponha que estivesse a céu aberto para esse *rendez-vous.* Saindo em um carro conversível talvez, ou caminhando em alguma trilha difícil. Então não ia querer arriscar um vestido novo e pôs um velho.

– Essa seria a coisa sensata a se fazer – concordou o superintendente.

Miss Marple voltou-se para ele. Falou, animada:

– A coisa sensata a se fazer seria trocar para calças e um pulôver, ou um tweed. Isso, claro (não quero ser esnobe, mas receio que seja inevitável), é o que uma garota da... da nossa classe faria. Uma moça de berço – continuou Miss Marple, começando a gostar do assunto – é sempre muito cuidadosa em vestir a roupa certa para cada ocasião. Digo, não importa o quanto o dia esteja quente, uma moça bem nascida jamais apareceria para uma caçada usando um vestido de seda com flores.

– E a vestimenta correta para encontrar um amante? – exigiu Sir Henry.

– Se ela fosse encontrá-lo dentro do hotel ou em algum local onde se usasse um longo, vestiria seu melhor longo, claro, mas, *ao ar livre*, se sentiria ridícula em um longo e usaria a roupa esportiva mais atraente que tivesse.

– Está certo, rainha da moda, mas essa garota, Ruby...

Miss Marple disse:

– Ruby, claro, não era... bem, para ser direta, Ruby não era uma *dama.* Pertencia à classe que usa suas melhores roupas não importa o quão inapropriadas para a ocasião. No ano passado, sabe, organizamos um piquenique em Scrantor Rocks. Ficariam surpresos com as roupas inadequadas que as meninas vestiram. Vestidos em tafetá e sapatos de verniz e chapéus muito elaborados, algumas. Para subir em rochedos, junco e urze. E os rapazes, em seus melhores ternos. Claro, para fazer uma trilha, tudo muda mais uma vez. Então é praticamente um uniforme, e as moças não parecem perceber que um short nunca lhes cai bem a menos que sejam muito magras.

O superintendente falou devagar:

– E acha que Ruby Keene...?

– Acho que ela teria permanecido com o mesmo vestido que estava usando, o melhor cor-de-rosa que possuía. Ela se trocaria apenas se tivesse algo ainda mais novo.

O superintendente Harper disse:

– E qual a explicação, Miss Marple?

Miss Marple falou:

– Não tenho uma, ainda. Mas não consigo deixar de pensar que é importante...

III

Dentro da gaiola de arame, a aula de tênis que Raymond Starr estava dando chegava ao fim.

Uma mulher rechonchuda de meia-idade emitiu ganidos de apreciação, apanhou um cardigã azul celeste e saiu em direção ao hotel.

Raymond exclamou algumas palavras de estímulo para ela.

Então se voltou para o banco onde os três espectadores estavam. As bolas balançavam em uma rede na mão dele, a raquete estava embaixo do braço. A expressão feliz e risonha do rosto desapareceu, como quem passa um apagador em um quadro. Parecia cansado e preocupado.

Andando na direção deles, disse:

– *Essa* terminou.

Então o sorriso se abriu de novo, aquele sorriso de garoto, expressivo, que se harmonizava tão bem com o rosto bronzeado e a beleza ágil e morena.

Sir Henry se pegou imaginando que idade aquele homem teria. Vinte e cinco, trinta, trinta e cinco? Era impossível dizer.

Raymond falou, balançando um pouco a cabeça:

– *Ela* nunca vai conseguir jogar, sabem.

– Tudo isso deve ser muito chato para o senhor – disse Miss Marple.

Raymond respondeu com simplicidade:

– É, às vezes. Em especial no fim do verão. Durante um tempo, a ideia dos honorários nos mantém flutuantes, mas até isso falha em estimular a imaginação ao final!

O superintendente Harper se pôs de pé. Indagou de forma abrupta:

– Vou chamá-la dentro de meia hora, Miss Marple, fica bem para a senhora?

– Perfeitamente, obrigada. Estarei pronta.

Harper saiu. Raymond ficou parado olhando. Então disse:

– Tudo bem se eu me sentar um pouco?

– Faça isso – disse Sir Henry. – Fuma um cigarro? – ofereceu a cigarreira já se questionando por que o fizera, pois sentia um leve preconceito contra Raymond Starr. Seria simplesmente porque era instrutor profissional de tênis e dançarino? Se fosse isso, não seria por causa do tênis, mas da dança. Os ingleses, Sir Henry decidiu, desconfiavam de qualquer homem que dançasse muito bem! Esse camarada se movia com muita graciosidade! Ramon... Raymond... qual era o nome dele?

De maneira repentina, fez a pergunta.

O outro pareceu divertir-se.

– Ramon era meu nome profissional originalmente. Ramon e Josie dava um ar espanhol, sabe. Então notei haver bastante preconceito contra os estrangeiros, por isso me tornei Raymond... bem britânico...

Miss Marple disse:

– E seu nome verdadeiro é algo ainda diferente?

Ele sorriu.

– Na verdade, meu nome verdadeiro é Ramon. Tive uma avó argentina, vejam... (E isso explica o balanço nos quadris, pensou Sir Henry entre parênteses.) Mas meu primeiro nome é Thomas. Prosaico ao extremo.

Voltou-se para Sir Henry.

– Vem de Devonshire, não é, senhor? De Stane? Minha família morava por lá. Em Alsmonston.

O rosto de Sir Henry se iluminou.

– É um dos Starr de Alsmonston? Não havia me dado conta.

– Não... imaginei que não fosse perceber.

Havia uma leve amargura no tom.

Sir Henry falou, sem graça:

– Má sorte... hã... aquilo tudo.

– A venda da propriedade que pertenceu à família por trezentos anos? Foi, bastante. Ainda assim, nossa raça precisa acabar, suponho. Ultrapassamos nossa possível utilidade. Meu irmão mais velho foi para Nova York. Trabalha em uma editora, está indo bem. O resto da família se espalhou pelos quatro cantos da Terra. É difícil arrumar trabalho hoje em dia quando não se tem nada para dizer sobre si mesmo, a não ser que estudou em escola pública! Às vezes, quando dá sorte, lhe contratam como recepcionista de hotel. A gravata e os modos educados valem muito ali. O único emprego que consegui era como animador em um estabelecimento que vendia tubulações. Vendendo banheiras magníficas de porcelana cor de pêssego ou limão. Os showrooms eram enormes, mas eu nunca sabia o preço das porcarias todas ou quando podíamos entregar; fui demitido.

"As duas únicas coisas que eu *sabia* fazer eram dançar e jogar tênis. Fui chamado por um hotel na Riviera. Rendia um bom dinheiro lá. Acho que estava me saindo bem. Então escutei, por acaso, um velho coronel, um coronel bem velho mesmo, de uma antiguidade incrível, britânico até a raiz dos cabelos e sempre falando de Poona. Ele foi falar com o gerente e disse em alto e bom tom:

"Onde está o gigolô? Quero achar esse *gigolô*. Minha esposa e minha filha querem dançar, sabe. Onde anda o sujeito? O quanto ele arranca de vocês? Estou procurando pelo gigolô".

Raymond continuou:

– Bobagem se importar com isso, mas me importei. Caí fora. Vim para cá. Ganho menos, mas o trabalho é mais agradável. A maior parte do tempo ensino tênis para mulheres rotundas que nunca, nunca, nunca vão aprender a jogar. Faço isso e danço com as filhas esmaecidas e negligenciadas dos clientes ricos. Ah, bem, é a vida, imagino. Perdoem a história infeliz de hoje!

Riu. Seus dentes brilharam brancos, os olhos se enrugaram nos cantos. De repente, pareceu saudável, feliz e muito alerta.

Sir Henry declarou.

– Fico feliz em ter essa conversa com você. Faz tempo que queria trocar umas palavrinhas.

– Sobre Ruby Keene? Não posso ajudá-lo, sabe. Não sei quem a matou. Sei muito pouco sobre ela. Não se abria comigo.

Miss Marple disse:

– Gostava dela?

– Não tanto. Também não desgostava.

O tom dele era desleixado, desinteressado.

Sir Henry propôs:

– Então não pode oferecer nenhuma sugestão?

– Receio que não... teria comentado com Harper se tivesse. A mim parece uma daquelas coisas, um crimezinho trivial, sórdido... sem pistas, sem motivo.

– Duas pessoas tinham motivo – informou Miss Marple.

Sir Henry olhou para ela, assombrado.

– É mesmo? – Raymond pareceu surpreso.

Miss Marple olhava insistente para Sir Henry, e ele explicou muito a contragosto:

– É provável que a morte dela tenha beneficiado a sra. Jefferson e o sr. Gaskell no montante de cinquenta mil libras.

– Como? – Raymond pareceu de fato assombrado, mais do que assombrado, incomodado. – Oh, mas isso é absurdo, totalmente absurdo... a sra. Jefferson... nenhum dos dois... poderia ter algo a ver com isso. É inacreditável imaginarem uma coisa dessas.

Miss Marple pigarreou. Falou com jeito:

– Receio, sabe, que você seja um idealista e tanto.

– Eu? – riu. – Eu, não! Sou um cínico de plantão.

– O dinheiro – disse Miss Marple – é um motivo muito poderoso.

– Talvez – respondeu Raymond, esquentado. – Mas que qualquer um daqueles dois seja capaz de estrangular uma menina a sangue frio... – meneou a cabeça.

Então se levantou.

– Aí vem a sra. Jefferson. Chegando para sua aula. Está atrasada – a voz dele era de quem achava graça. – Dez minutos atrasada!

Adelaide Jefferson e Hugo McLean estavam se deslocando com pressa na direção deles.

Com um sorriso constrangido pelo atraso, Addie Jefferson entrou na quadra. McLean sentou-se no banco. Depois de perguntar com educação se Miss Marple se importava que fumasse cachimbo, acendeu-o e fumou por alguns minutos em silêncio, observando com olhar crítico as duas figuras de branco se movendo na quadra de tênis.

Enfim se pronunciou:

– Não entendo por que Addie quer fazer aulas. Jogar uma partida, sim. Ninguém aprecia o esporte mais do que eu. Mas por que *aulas*?

– Quer melhorar seu jogo – disse Sir Henry.

– Ela não joga mal – disse Hugo. – Bem o bastante, em todo caso. Ora bolas, não está treinando para jogar em Wimbledon.

Ficou em silêncio por um minuto. Então indagou:

– Quem *é* esse tal Raymond? De onde saem esses profissionais? O sujeito me parece latino.

– É da família Starr de Devonshire – disse Sir Henry.

– Quê? Não me diga?

Sir Henry assentiu. Ficou claro que a novidade era desagradável para Hugo McLean. Fechou a cara mais do que nunca.

Disse:

– Não sei por que Addie mandou *me* chamar. Não parece ter despenteado um fio de cabelo por causa dessa história! Nunca esteve melhor. Por que me chamar?

Sir Henry perguntou com curiosidade:

– Quando foi que mandou chamá-lo?

– Oh... hã... quando tudo aconteceu.

– Como ficou sabendo? Telefone ou telegrama?

– Telegrama.

– Por uma questão de curiosidade, a que horas foi enviado?

– Bem, não sei ao certo.

– A que horas recebeu?

– Não cheguei a receber. Foi telefonado para mim, para dizer a verdade.

– Por que, onde estava?

– O fato é que saí de Londres na tarde anterior. Estava ficando em Danebury Head.

– Quê... bem perto daqui?

– Sim, engraçado, não é? Recebi a mensagem quando cheguei de uma rodada de golfe e vim assim que pude.

Miss Marple o observava, pensativa. Ele parecia incomodado e desconfortável. Ela comentou:

– Ouvi dizer que é muito agradável em Danebury Head e não é muito caro.

– Não, não é caro. Não poderia bancar se fosse. É um bom lugarzinho.

– Devemos passear por lá um dia desses – disse Miss Marple.

– Hã? Como? Ah... hã... sim, é melhor eu... – levantou-se. – Melhor fazer um exercício, garantir meu apetite.

Afastou-se caminhando enrijecido.

– As mulheres – disse Sir Henry – tratam muito mal seus dedicados admiradores.

Miss Marple sorriu, mas não respondeu.

– Ele lhe parece um tipo bem apático? – perguntou Sir Henry. – Gostaria de saber.

– Um pouco limitado em suas ideias, quem sabe – disse Miss Marple. – Mas com possibilidades, acho, oh, certamente tem possibilidades.

Foi a vez de Sir Henry levantar.

– É hora de sair para resolver minhas coisas. Vejo que a sra. Bantry está chegando para lhe fazer companhia.

IV

A sra. Bantry chegou ofegante e sentou-se com um suspiro.

Disse:

– Estive conversando com as camareiras. Mas não serviu para nada. Não descobri nem um detalhe a mais! Acha que a menina podia mesmo estar mantendo um relacionamento sem que todo mundo no hotel soubesse?

– Esse é um ponto bem interessante, querida. Diria que é certo que *não. Alguém* sempre sabe, pode confiar, se a história for verdade! Mas ela deve ter sido muito esperta.

A atenção da sra. Bantry dispersou-se para a quadra de tênis. Falou com tom de aprovação:

– As jogadas de Addie melhoraram muito. É um rapaz atraente, esse professor de tênis. Addie parece tão bonita. Ela ainda é uma mulher atraente... não me surpreenderia se acabasse se casando novamente.

– Vai ser uma mulher rica também quando o sr. Jefferson morrer – disse Miss Marple.

– Oh, não fique sempre pensando nessas coisas sórdidas, Jane! Por que ainda não resolveu o mistério? Não parece estar avançando nada. Achei que saberia *na hora* – o tom da sra. Bantry era carregado de reprovação.

– Não, não, querida. Não soube na hora e também não por certo tempo.

A sra. Bantry voltou seu olhar assustado e incrédulo para ela.

– Está dizendo que agora *sabe* quem matou Ruby Keene?

– Ah, sim – confirmou Miss Marple –, *isso* eu sei!

– Mas, Jane, quem é? Fale agora.

Miss Marple balançou a cabeça com firmeza e repuxou os lábios.

– Sinto muito, Dolly, mas não posso.

– Por que não pode?

– Porque você é muito indiscreta. Sairia por aí contando para todo mundo... ou, se não contasse, daria a *entender*.

– Não, não daria. Não contaria para vivalma.

– As pessoas que usam essa frase são em geral as últimas a cumprirem a promessa. Não adianta, querida. Há um longo caminho pela frente. Muitas coisas ainda permanecem obscuras. Lembra-se de quando fui contra deixarem a sra. Partridge recolher o dinheiro para a Cruz Vermelha e não sabia dizer o *porquê*. O motivo era que o nariz dela tinha se contraído do mesmo jeito que aquela minha empregada, Alice, contraía o nariz *dela* quando eu a mandava pagar as contas. Sempre pagava um xelim a menos e mandava botar "na conta da semana que vem" que, claro, foi *exatamente* o que fez a sra. Partridge, só que numa escala muito maior. Setenta e cinco libras foi o que *ela* desviou.

– Deixe a sra. Partridge para lá – disse a sra. Bantry.

– Mas precisava lhe explicar. E, se faz tanta questão, vou lhe dar uma *pista*. O problema neste caso é que todo mundo tem sido muito *crédulo* e *ingênuo*. Simplesmente não se pode *acreditar* em tudo que as pessoas dizem. Quando há algo mal explicado, nunca acredito em ninguém! Está vendo, conheço tão bem a natureza humana.

A sra. Bantry ficou quieta por alguns instantes. Então disse em outro tom:

– Eu disse, não disse, que não havia motivo para não me divertir com o caso. Um assassinato de verdade na minha própria casa! O tipo de coisa que nunca mais vai se repetir.

– Espero que não – disparou Miss Marple.

– Bom, eu também, realmente. Uma vez é o suficiente. Mas o assassinato é *meu*, Jane; quero me divertir com ele.

Miss Marple olhou para ela.

A sra. Bantry disse com ar beligerante:

– Não quer acreditar?

Miss Marple respondeu com doçura:

– Claro que acredito, Dolly, se está me dizendo.

– Sim, mas nunca acredita no que as pessoas lhe dizem, acredita? Acabou de afirmar isso. Bem, tem razão – a voz da sra. Bantry tomou-se de súbita amargura. Falou: – Não sou uma idiota completa. Deve pensar, Jane, que não sei o que andam dizendo por toda St. Mary Mead, por todo o país! Estão dizendo, todo mundo, que não há fumaça sem fogo; que, se a moça foi encontrada na biblioteca de Arthur, então ele deve saber algo a respeito. Estão dizendo que a menina era amante de Arthur, que era sua filha ilegítima, que ela o estava chantageando. Estão dizendo qualquer coisa que lhes passe pelas malditas cabeças! E vai seguir assim! Arthur não vai perceber tão cedo, não vai saber o que está errado. Ele é um velho tonto tão bonzinho que não vai nunca acreditar que as pessoas pensariam coisas desse tipo a respeito ele. Vai ser tratado com indiferença e observado de esguelha (seja lá o que for *isso*!), então vai começar a se aperceber pouco a pouco e, de repente, vai ficar horrorizado e ferido até a alma, vai se fechar como uma ostra e apenas *suportar* dia após dia sua miséria.

"É por causa de tudo o que vai acontecer com ele que vim até aqui cavoucar cada detalhe que eu puder! Este assassinato *precisa* ser resolvido! Se não for, então a vida de Arthur será arruinada, e não vou permitir que isso aconteça. Não vou! Não vou! Não vou!"

Fez uma pausa e disse:

– Não vou *deixar* que o meu velho passe o diabo por algo que não cometeu. Esse é o único motivo pelo qual vim para Danemouth e o deixei sozinho em casa, para descobrir a verdade.

– Eu sei, querida – disse Miss Marple. – É por isso que também estou aqui.

Capítulo 14

I

Em um calmo quarto de hotel, Edwards escutava Sir Henry Clithering com deferência.

– Há certas coisas que gostaria de lhe perguntar, Edwards, mas quero que primeiro entenda, com total clareza, a minha posição. Fui, durante certo período, comissário de polícia da Scotland Yard. Agora estou aposentado, me retirei para a vida privada. Seu patrão mandou me chamar quando esta tragédia aconteceu. Suplicou para que eu usasse minha habilidade e experiência a fim de descobrir a verdade.

Sir Henry fez uma pausa.

Edwards, com seus olhos pálidos e inteligentes fixos no rosto do outro, inclinou a cabeça. Disse:

– Sei bem, Sir Henry.

Clithering prosseguiu devagar e decidido:

– Em todos os casos policiais, há necessariamente uma série de informações que são resguardadas. São resguardadas por vários motivos, por tocarem em segredos de família, porque se considera que não tenham relação com o caso, porque provocariam constrangimento e embaraço para as partes envolvidas.

Mais uma vez, Edwards disse:

– Sei bem, Sir Henry.

– Imagino, Edwards, que já tenha uma nítida compreensão dos vários pontos desta história. A garota morta estava prestes a se tornar filha adotiva do sr. Jefferson. Duas pessoas tinham motivos para assegurar que isso não ocorresse. Essas duas pessoas eram o sr. Gaskell e a sra. Jefferson.

Os olhos do lacaio exibiram um lampejo momentâneo. Disse:

– Posso perguntar se os dois são suspeitos, senhor?

– Não correm risco de serem presos, se é isso que quer saber. Mas é inevitável que a polícia suspeite deles e assim vai permanecer *até que a questão seja esclarecida.*

– Uma posição desagradável para eles, senhor.

– Muito desagradável. Agora, para chegarmos à verdade, precisamos examinar *todos* os fatos do caso. Muito vai depender, *deve* depender das reações, palavras e gestos do sr. Jefferson e sua família. Como se sentiram, o que demonstraram, que coisas foram ditas? Estou lhe pedindo, Edwards, informações privilegiadas, do tipo de informação privilegiada que só você pode ter. Conhece os humores de seu patrão. De tanto observá-los, é provável que saiba o que causa cada um deles. Estou lhe perguntando isso não como um policial, mas como amigo do sr. Jefferson. Em outras palavras, se algo que me disser não for, na minha opinião, relevante para o caso, não vou passar adiante para a polícia.

Ele fez uma pausa. Edwards falou baixinho:

– Estou entendendo, senhor. Quer que eu fale com franqueza, que diga coisas que no decurso normal dos acontecimentos eu não deveria dizer, e que, perdoe-me, *o senhor* não sonharia em escutar.

Sir Henry disse:

– É um sujeito muito inteligente, Edwards. É exatamente a *isso* que me refiro.

Edwards ficou em silêncio por um minuto ou dois, então começou a falar.

– É claro que conheço o sr. Jefferson bastante bem a esta altura. Já estou com ele há uns bons anos. E o vejo em seus momentos "privados", não só quando está "representando". Às vezes, senhor, já questionei mentalmente se é bom uma pessoa lutar contra o destino da forma como o sr. Jefferson vem lutando. Ele paga um preço muito alto por isso. Se às vezes conseguisse dar vazão, permitindo-se ser um velho infeliz, solitário e ferido, bem... talvez no fim das contas poderia ser melhor para ele. Mas é orgulhoso demais para isso! Vai morrer lutando, esse é seu lema.

"Mas esse tipo de coisa leva, Sir Henry, a um monte de reações nervosas. Ele aparenta ser um cavalheiro de bom temperamento. Já testemunhei alguns ataques violentos, quando mal conseguia falar de tanta raiva. E a coisa que mais o afeta, senhor, é a falsidade..."

– Está dizendo isso por algum motivo específico, Edwards?

– Sim, senhor, estou. O senhor me pediu para falar com muita franqueza?

– Essa é a ideia.

– Bom, então, Sir Henry, na minha opinião, a mocinha que deixou o sr. Jefferson tão encantado não valia a pena. Ela era, para ser franco, uma ordinária qualquer. E não dava um vintém pelo sr. Jefferson. Todo aquele jogo de gratidão e afeto era pura encenação. Não vou dizer que fosse má pessoa, mas não era, nem de longe, o que o sr. Jefferson pensava dela. Era engraçado isso, pois o sr. Jefferson costumava ser um homem astuto; não se enganava com facilidade sobre as pessoas. Mas, aí, um cavalheiro não está em seu juízo normal quando a questão envolve uma jovem mulher. A jovem sra. Jefferson, veja bem, com quem ele sempre contou para ter consolo, mudou bastante durante o verão. Ele percebeu e foi dolorido para ele. Era afeiçoado a ela, entenda. Do sr. Mark, ele nunca gostou muito.

Sir Henry interrompeu:

– E, no entanto, o tinha perto de si constantemente?

– Sim, mas isso por causa da srta. Rosamund. Ou seja, sra. Gaskell. Era a menina dos olhos dele. Ele a adorava. O sr. Mark era marido da srta. Rosamund. Sempre pensava nele assim.

– Suponhamos que o sr. Mark houvesse se casado com outra pessoa.

– O sr. Jefferson teria ficado furioso.

Sir Henry arqueou as sobrancelhas.

– Chegaria a tanto?

– Não teria demonstrado, mas seria isso, sim.

– E se a sra. Jefferson voltasse a se casar?

– O sr. Jefferson também não teria gostado disso.

– Por favor, prossiga, Edwards.

– Estava dizendo que o sr. Jefferson caiu por essa mocinha. Já vi muito isso acontecer com os cavalheiros com quem trabalhei. Toma conta deles como uma espécie de doença. Querem proteger a moça, ampará-la, enchê-la de presentes, e nove entre dez vezes a moça é bastante capaz de se virar sozinha e tem um olho afiado para essas oportunidades.

– Então acha que Ruby Keene era uma arrivista?

– Bom, Sir Henry, era bastante inexperiente, por ser tão jovem, mas tinha os traços de uma bela arrivista de fato, uma vez que pegasse o jeito da coisa, digamos! Com mais cinco anos de prática, teria se tornado uma perita!

Sir Henry disse:

– Fico feliz em ouvir sua opinião a respeito dela. É valiosa. Agora, lembra-se de algum incidente no qual esse assunto foi debatido entre o sr. Jefferson e a família?

– Houve muito pouca discussão. O sr. Jefferson anunciou o que tinha em mente e reprimiu qualquer protesto. Ou seja, calou o sr. Mark, que era um pouco sincero demais. A sra. Jefferson não dizia muito, ela é uma dama recatada, apenas insistiu para que ele não tomasse nenhuma decisão apressada.

Sir Henry assentiu.

– Mais alguma coisa? Como era a atitude da moça?

Com visível desgosto, o criado disse:

– Poderia descrever, senhor, como jubilante.

– Ah, jubilante, diz? Não tem motivo para crer, Edwards, que... – procurou uma frase adequada para o criado – que... hã... seus afetos estivessem comprometidos com outro pretendente?

– O sr. Jefferson não estava propondo casamento. Sua intenção era adotá-la.

– Retire a palavra "pretendente" e mantenha a pergunta.

O criado respondeu devagar:

– Houve *um* incidente, senhor. Por acaso fui testemunha.

– Isso é interessante. Relate.

– Não deve ser nada de mais. Foi só que um dia a moça foi abrir a bolsa e uma pequena fotografia caiu. O sr. Jefferson foi certeiro e disse: "Ora, docinho, quem é esse, hein?".

"Era uma foto, senhor, de um rapaz, um rapaz moreno, com cabelo bem desarrumado e a gravata mal feita.

"A srta. Keene fingiu não saber nada do assunto. Disse: 'Não faço ideia, Jeffie. Não faço a mínima ideia. Não sei como pode ter ido parar na minha bolsa. *Eu* que não pus aí!'.

"Agora, o sr. Jefferson não era tão bobo. Aquela explicação não foi suficiente. Pareceu bravo, suas sobrancelhas desceram, pesadas, e a voz ficou rude quando disse: 'Vamos lá, docinho, ora, vamos. Você sabe *bem* quem é'.

"Ela mudou de tática rapidamente, senhor. Pareceu assustada. Falou: 'Agora estou reconhecendo. Ele vem aqui às vezes e já dancei com ele. Não sei o nome, o idiota deve ter enfiado a foto na minha bolsa um dia desses. Esses meninos são tão bobos!'. Jogou a cabeça para trás, deu uma risadinha e deixou por isso. Mas não era uma história provável, era? E não acho que o sr. Jefferson tenha acreditado muito. Olhou para ela uma ou duas vezes com severidade depois disso e, por vezes, quando ela saía, perguntava por onde havia andado."

Sir Henry disse:

– Já chegou a ver o objeto da foto por aqui no hotel?

– Não tenho conhecimento, senhor. Claro, não fico muito lá embaixo na área pública.

Sir Henry assentiu. Perguntou outras coisas, mas Edwards não soube lhe informar mais nada.

II

Na delegacia em Danemouth, o superintendente Harper estava questionando Jessie Davis, Florence Small, Beatrice Henniker, Mary Price e Lilian Ridgeway.

Eram meninas da mesma faixa etária, mas diferentes mentalidades. Variavam entre filhas de "políticos e fazendeiros" e filhas de "comerciantes". Todas contaram a mesma história: Pamela Reeves estava do mesmo jeito de sempre, não lhes dissera nada, exceto que ia até a Woolworth's e voltaria para casa no ônibus mais tarde.

No canto da sala do superintendente Harper estava uma senhora idosa. As meninas mal a haviam percebido. Caso houvessem, poderiam ter se perguntado quem era. Era certo que não era chefe de polícia. Era possível que presumissem que, como elas, estivesse ali para ser questionada.

A última menina foi conduzida para fora da sala. O superintendente Harper secou a testa e voltou-se para encarar Miss Marple. Seu olhar era inquiridor, porém não esperançoso.

Miss Marple, entretanto, falou com clareza.

– Gostaria de conversar com Florence Small.

As sobrancelhas do superintendente se elevaram, mas ele assentiu e tocou uma campainha. Um guarda apareceu.

Harper disse:

– Florence Small.

A menina reapareceu, acompanhada pelo guarda. Era a filha de um fazendeiro bem de vida, uma moça alta com cabelos claros, uma boca um tanto tola e olhos castanhos assustados. Contorcia as mãos e parecia nervosa.

O superintendente Harper olhou para Miss Marple, que assentiu.

O superintendente levantou-se. Falou:

– Esta senhora vai lhe fazer algumas perguntas.

Saiu, fechando a porta atrás de si.

Florence lançou um olhar inquieto na direção de Miss Marple. Os olhos dela lembravam muito um dos bezerros de seu pai.

Miss Marple disse:

– Sente-se, Florence.

Florence Small sentou-se, obediente. Sem se aperceber, de repente se sentiu mais em casa, menos receosa. A atmosfera desconhecida e aterrorizante da delegacia foi substituída por algo mais familiar, o tom costumeiro de comando usado por alguém cuja incumbência é dar ordens. Miss Marple disse:

– Entende, Florence, que é da maior importância que se saiba tudo que Pamela fez no dia de sua morte?

Florence murmurou que entendia bem.

– E estou certa de que vai querer ajudar da melhor forma possível?

Os olhos de Florence estavam desconfiados quando disse que claro que queria.

– Esconder qualquer informação que seja é uma ofensa muito séria – disse Miss Marple.

Os dedos da menina se contorciam, nervosos, no colo. Engoliu uma ou duas vezes.

– Posso dar um desconto – continuou Miss Marple – pelo fato de que está naturalmente alarmada em ter de tratar com a polícia. Tem medo também de que possam culpá-la por não haver se pronunciado antes. É possível que sinta receio de que possam responsabilizá-la por não ter impedido Pamela naquele momento. Mas vai precisar ser uma menina corajosa e pôr tudo em pratos limpos. Se você se recusar a me contar o que sabe agora, vai se tornar uma questão muito séria de fato... *muito* séria, praticamente um caso de *perjúrio* e, por isso, como sabe, pode ser mandada para a cadeia.

– Eu... eu não...

Miss Marple disse, abrupta:

– Ora, não prevarique, Florence! Conte tudo de uma vez! Pamela não estava indo à Woolworth's, estava?

Florence lambeu os lábios com a língua seca e olhou suplicante para Miss Marple, como um animal entrando no matadouro.

– Algo a ver com os filmes, não foi? – perguntou Miss Marple.

Um olhar de intenso alívio mesclado com admiração passou pelo semblante de Florence. Suas inibições se esvaíram. Ela arquejou.

– Ah, *sim*!

– Foi o que pensei – disse Miss Marple. – Agora quero todos os detalhes, por gentileza.

As palavras jorravam da boca de Florence, num arrebatamento.

– Oh! Eu estava tão preocupada. Prometi a Pam, entenda, que jamais diria uma palavra para ninguém. E então, quando foi encontrada toda queimada naquele carro, oh! Foi horrível e pensei que ia *morrer*... senti como se fosse tudo culpa minha. Deveria ter impedido. Só que nunca pensei, nem por um segundo, que houvesse algo errado. E então me perguntaram se ela estava se comportando normalmente naquele dia e falei que "sim", antes mesmo de ter tempo de pensar. E, não tendo dito nada então, não vi como poderia dizer algo depois. E, afinal, não sabia de nada, não de verdade, só o que Pam me falou.

– O que foi que Pam falou?

– Foi quando estávamos andando até o ponto de ônibus, a caminho do encontro. Perguntou se eu podia guardar um segredo, e falei que "sim", e ela me fez jurar não contar. Estava indo a Danemouth fazer um teste para um filme depois do encontro! Conhecera um produtor de cinema, recém-chegado de Hollywood, ele era. Queria um certo tipo e disse a Pam que ela era bem o que eles estavam procurando. Avisou para ela não tomar aquilo como certo. Não dava para dizer, ele afirmou, não até ver como a pessoa fotografava. Poderia não ficar bem. Era para um papel tipo os da Elisabeth Bergner, ele disse. Tinha de ser alguém bem jovem. Uma estudante que trocava de lugar com uma artista de revista e tinha uma carreira maravilhosa. Pam atuou em peças da escola e é boa demais. Ele disse que podia ver que ela sabia interpretar, mas teria de passar por um treinamento intensivo. Que não esperasse um ambiente festivo, precisaria trabalhar muito duro. E então, ela se considerava capaz de encarar?

Florence Small parou para respirar. Miss Marple chegou a ficar bastante enjoada ao escutar a loquaz releitura de inúmeros romances e histórias de cinema. Pamela Reeves, como tantas outras meninas, deve ter sido avisada sobre falar com estranhos, mas o glamour dos filmes acabaria obliterando tudo.

– Ele foi totalmente profissional sobre tudo isso – continuou Florence. – Disse que, se o teste fosse um sucesso, ela teria um contrato, e disse que, como era jovem e inexperiente, precisava que um advogado verificasse a papelada antes de assinar. Mas não era para comentar que *ele* dissera aquilo. Perguntou a ela se teria problemas com os pais, e Pam disse que era provável que sim, e ele falou: "Bem, é claro que essa sempre é uma dificuldade com qualquer pessoa tão jovem quanto você, mas acho que se for colocado para eles que essa é uma oportunidade maravilhosa, uma em um milhão, eles entenderiam". Mas, de todo modo, ele disse, não adiantava nada discutir detalhes até saberem o resultado do teste. Ela não deveria ficar desapontada se não passasse. Contou para ela sobre Hollywood e sobre Vivien Leigh, como ela tomou Londres de assalto, e como esses saltos sensacionais para a fama aconteciam mesmo. Ele próprio voltara da América para trabalhar com os estúdios Lemville e dinamizar as companhias de cinema inglesas.

Miss Marple assentiu.

Florence prosseguiu:

– Então, foi marcado. Pam precisava ir a Danemouth depois da reunião e encontrar com ele em seu hotel, e ele a levaria até os estúdios (tinham um pequeno estúdio para testes em Danemouth, ele falou). Ela faria o teste e poderia apanhar o ônibus para casa logo depois. Poderia dizer que estivera passeando em lojas, e ele avisaria do resultado em poucos dias. Caso favorável, o sr. Harmsteiter, o chefe, faria uma visita para falar com os pais dela.

"Bem, claro, tudo parecia uma maravilha só! Fiquei roxa de inveja! Pam passou a reunião inteira sem transparecer nada, a gente sempre diz que ela faz cara de paisagem. Então, quando disse que estava indo para Danemouth, na Woolworth's, piscou para mim.

"Vi quando deu os primeiros passos na calçada – Florence começou a chorar. – Deveria ter impedido que fosse. Deveria ter impedido. Deveria ter desconfiado que uma coisa dessas não poderia ser verdade. Deveria ter contado para alguém. Oh, minha nossa, eu queria estar *morta*!"

– Calma, calma – Miss Marple deu palmadinhas no ombro dela. – Está tudo bem. Ninguém vai culpar você. Fez a coisa certa ao me contar.

Passou alguns instantes consolando a menina.

Cinco minutos depois, relatava a história para o superintendente Harper. Este último ficou bastante tenso.

– Aquele diabo esperto! – disse. – Por Deus, ele agora está encrencado. Isso coloca tudo sob uma nova perspectiva.

– Sim, coloca.

Harper olhou para ela de soslaio.

– Não a surpreende?

– Já esperava algo do tipo.

O superintendente Harper perguntou, curioso:

– O que lhe chamou a atenção para essa garota em particular? Todas pareciam mortas de medo e não havia nada diferente apontando para uma ou outra até onde pude ver.

Miss Marple falou com suavidade:

– Não tem tanta experiência com meninas contando mentiras quanto eu. Florence o encarava de maneira muito direta, se lembrar bem, e ficou dura, parada, só remexia os pés como as outras. Mas não a observou quando saía em direção à porta. Soube logo que ela tinha algo a esconder. Elas quase sempre relaxam cedo demais. Minha empregada Janet sempre fazia isso. Explicava de maneira bem convincente que os camundongos comeram a ponta de um bolo e se entregava quando deixava escapar um sorriso esperto ao sair da sala.

– Estou muito agradecido à senhora – disse Harper.

Acrescentou, pensativo:

– Lemville Studios, hein?

Miss Marple não disse nada. Levantou-se.

– Receio – disse – que devo me apressar. Fico feliz em ter podido ajudar.

– Vai voltar ao hotel?

– Sim, para fazer as malas. Preciso voltar para St. Mary Mead assim que possível. Tenho muito a fazer por lá.

Capítulo 15

I

Miss Marple passou pelas portas francesas de sua sala de estar, desceu pelo lindo caminho do jardim passando pelo portão, cruzou o quintal da paróquia e foi até a janela da sala, onde bateu de leve na vidraça.

O pároco estava ocupado em seus estudos, preparando o sermão de domingo, mas a esposa, que era jovem e bonita, estava admirando o progresso de sua prole sobre o tapete da lareira.

– Posso entrar, Griselda?

– Oh, por favor, Miss Marple. Olhe *só* para David! Fica tão irritado por só conseguir engatinhar de ré. Quer alcançar alguma coisa, mas quanto mais ele tenta, mais se afasta indo para trás, quase entrando na caixa de carvão!

– Ele está ficando bem grandinho, Griselda.

– Não está mal, não é? – disse a jovem mãe, esforçando-se para manter um ar de indiferença. – Claro que não me *esforço* muito com ele. Todos os livros dizem que a criança deve ser deixada por si só tanto quanto possível.

– Muito sábio, querida – disse Miss Marple. – Aliás, vim perguntar se há qualquer coisa especial para a qual esteja coletando fundos no momento.

A mulher do pároco voltou seus olhos um pouco admirados para ela.

– Oh, montes de coisas – respondeu, com ar alegre. – Sempre há.

Foi contando nos dedos.

– Há o fundo para restauração da nave principal, a missão St. Giles, o bazar de artesanato na quarta-feira que vem e o das Mães Solteiras, a excursão dos escoteiros, o grêmio das bordadeiras e a apelação do bispo para os pescadores de águas profundas.

– Qualquer um desses serve – disse Miss Marple. – Pensei em dar um giro para recolher, com o caderno, sabe, se me autorizar.

– Está aprontando alguma? Acho que está. Claro que lhe autorizo. Peça ajuda para o bazar de artesanato; seria adorável receber dinheiro de verdade em vez daqueles sachês horrendos, os apagadores decorados, vestidos deprimentes de crianças e os espanadores transformados em bonecas. Suponho – continuou Griselda, acompanhando a visitante até a porta – que não vá querer me dizer qual o objetivo disso.

– Depois, minha querida – disse Miss Marple, saindo apressada.

Com um suspiro, a jovem mãe retornou ao tapete e, dando seguimento a seus princípios de rígida negligência, brincou dando três cabeçadas leves na barriga do filho até que ele lhe agarrasse os cabelos e os puxasse com gritos de alegria. Então se rolaram várias vezes no chão, em um grande embolado, até que a porta se abriu e a empregada da paróquia anunciou a paroquiana mais influente (que não gostava de crianças):

– A patroa está aqui.

Com isso, Griselda sentou-se e tentou parecer digna e mais de acordo com o que se espera da esposa de um pároco.

II

Miss Marple, agarrada em um caderninho preto com anotações a lápis, andou apressada pela rua do vilarejo até chegar ao cruzamento. Ali, virou à esquerda e caminhou para além da Blue Boar até chegar a Chatsworth, codinome "a casa nova do sr. Booker".

Entrou pelo portão, foi até a porta da frente e bateu, animada.

A porta foi aberta pela jovem loira de nome Dinah Lee. Estava menos arrumada do que de costume, e de fato parecia um pouco suja. Estava usando uma calça cinza com uma jardineira cor de esmeralda.

– Bom dia – disse Miss Marple, com animação e alegria. – Posso entrar um minutinho?

Foi avançando enquanto falava, de maneira que Dinah Lee, pega de surpresa com a visita, não teve tempo de se decidir.

– Muitíssimo obrigada – disse Miss Marple, sorrindo amistosamente para ela e sentando-se com todo o cuidado em uma poltrona "antiga" de bambu. – Está bastante quente para este período do ano, não é? – prosseguiu Miss Marple, ainda exalando simpatia.

– Sim, bastante. Ah, bastante – concordou a srta. Lee. Perdida sobre como lidar com a situação, abriu um estojo e ofereceu à visitante.

– Hã, aceita um cigarro?

– Muito obrigada, mas não fumo. Apenas estou lhe fazendo esta visita, sabe, para ver se podemos contar com sua ajuda para nosso bazar de artesanato da semana que vem.

– Bazar de artesanato? – indagou Dinah Lee, como alguém que repete uma frase em língua estrangeira.

– Na paróquia – explicou Miss Marple. – Na próxima quarta-feira.

– Oh! – o queixo da srta. Lee caiu. – Receio que não possa...

– Nem ao menos uma pequena contribuição, meia coroa, quem sabe?

Miss Marple mostrou seu caderninho.

– Oh... hã... bem, sim, diria que isso eu poderia fazer.

A moça pareceu aliviada e se virou para vasculhar a bolsa.

O olhar aguçado de Miss Marple estava examinando a sala.

Falou:

– Vejo que vocês não têm um tapete em frente ao fogo.

Dinah Lee virou-se de volta e a fitou. Não havia como não estar ciente do escrutínio afiado que a velha estava fazendo dela, mas a única emoção que isso lhe causou foi a de um leve aborrecimento. Miss Marple identificou a emoção. Falou:

– É bem perigoso, sabe. As fagulhas voam e queimam o tapete.

"Que velha engraçada", pensou Dinah, mas expressou, amigável, porém um tanto vagamente:

– Costumávamos ter um. Não sei onde foi parar.

– Suponho que fosse do tipo fofo e felpudo.

– De ovelha – respondeu Dinah. – Era o que parecia.

Estava achando graça. Que tipo bem excêntrico aquela ali. Ofertou a meia coroa.

– Aqui está – anunciou.

– Oh, obrigada, minha querida.

Miss Marple apanhou a moeda e abriu o caderninho.

– Hã... que nome devo anotar?

O olhar de Dinah enrijeceu de repente e se encheu de desdém.

"Que enxerida", pensou, "foi só para isso que veio até aqui, veio bisbilhotar atrás de fofocas!"

Falou de maneira bem clara e com prazer malicioso:

– Srta. Dinah Lee.

Miss Marple olhou para ela com firmeza.

Perguntou:

– Esta é a casa do sr. Basil Blake, não é?

– Sim, e *eu* sou a srta. Dinah Lee!

A voz dela ecoou desafiadora, o queixo levantou-se, os olhos azuis faiscavam.

Com toda firmeza, Miss Marple olhou para ela. Disse:

– Permite que eu lhe ofereça alguns conselhos, mesmo que vá considerar impertinente?

– *Vou* considerar impertinente. É melhor que não fale nada.

– Mesmo assim – disse Miss Marple – vou falar. Preciso lhe aconselhar, com muita firmeza, para não continuar usando seu nome de solteira no povoado.

Dinah a fitou. Disse:

– O que... o que está dizendo?

Miss Marple falou com sinceridade:

– Em muito pouco tempo pode necessitar de toda compreensão e boa vontade que puder encontrar. Será importante para o seu marido também que pensem bem dele. Há muito preconceito nos antigos distritos rurais com relação a pessoas que moram juntas e não são casadas. Vocês dois têm se divertido com isso, eu diria, de fingir que é o que estão fazendo. Isso mantém as pessoas afastadas, assim não são incomodados pelos "velhos caquéticos", como imagino que se refiram a eles. No entanto, os velhos caquéticos têm sua utilidade.

Dinah exigiu:

– Como sabe que somos casados?

Miss Marple abriu um sorriso condescendente.

– Oh, minha querida – disse.

Dinah insistiu.

– Não, mas como *é* que sabia? Não foi... não esteve na Somerset House?

Um brilho momentâneo passou pelos olhos de Miss Marple.

– Somerset House? Oh, não. Mas foi bem fácil de *adivinhar*. Sabe, se fica sabendo de tudo no povoado. O... hã... o tipo de discussões que vocês têm... são típicas do início de um casamento. São bem... *bem* diferentes de uma relação ilícita. Já foi dito, sabe (e acho que com muito embasamento), que só é possível de fato irritar alguém com quem se é casado. Quando não há... nenhum vínculo *jurídico*, as pessoas são muito mais cuidadosas, precisam continuar se reassegurando do quanto são felizes e de como tudo é um reino de paz. Precisam, entenda, se *justificar*. Não ousam brigar! Gente casada, já reparei, aprecia bastante suas batalhas e as... hã... devidas reconciliações.

Fez uma pausa, piscando com benevolência.

– Bem, eu – Dinah parou e riu. Sentou-se e acendeu um cigarro. – A senhora é absolutamente maravilhosa – disse.

Então continuou:

– Mas por que quer que a gente se assuma e aceite a condição de respeitabilidade?

A expressão de Miss Marple ficou grave. Disse:

– Porque, a qualquer momento, *seu marido pode ser preso por assassinato.*

III

Por vários segundos, Dinah fitou-a. Então falou, incrédula:

– Basil? Assassinato? Está de brincadeira?

– Não, de fato. Não tem lido os jornais?

Dinah segurou a respiração.

– Está falando... da menina no Hotel Majestic. Está dizendo que desconfiam que Basil a matou?

– Sim.

– Mas é absurdo!

Ouviu-se o ronco de um motor de carro do lado de fora e a batida de um portão. Basil Blake escancarou a porta e entrou, carregando algumas garrafas. Disse:

– Peguei o gim e o vermute. Você...?

Parou e voltou seus olhos incrédulos para a visitante empertigada.

Dinah disparou, ofegante:

– Ela está louca? Diz que você vai ser preso pelo assassinato daquela moça, Ruby Keene.

– Ai, meu Deus! – exclamou Basil Blake. As garrafas caíram de seus braços sobre o sofá. Puxou uma cadeira e desmoronou sobre ela, enterrando o rosto nas mãos. Repetiu: – Ai, meu Deus! Ai, meu Deus!

Dinah correu para ele. Segurou seus ombros.

– Basil, olhe para mim! Isso não é verdade! Sei que não é! Não acredito nem por um segundo!

A mão dele agarrou a dela.

– Que bom, minha querida.

– Mas por que eles pensariam... Você nem a conhecia, conhecia?

– Ah, sim, ele a conhecia – disse Miss Marple.

Basil falou enfurecido:

– Quieta, sua velha bruxa. Escute, Dinah, meu amor, eu mal a conhecia. Apenas passei por ela uma ou duas vezes no Majestic. Só isso, juro que é só isso.

Dinah disse, estupefata:

– Não entendo. Por que alguém suspeitaria de você, então?

Basil grunhiu. Tapou os olhos com as mãos e balançava-se para frente e para trás.

Miss Marple disse:
– O que fez com o tapete?
A resposta dele foi mecânica:
– Joguei no lixo.
Miss Marple emitiu uma sequência de cliques, impacientes, com a língua.
– Isso foi burrice... muita burrice. As pessoas não jogam bons tapetes em lixeiras. Tinha lantejoulas do vestido dela, imagino?
– Sim, não consegui tirar.
Dinah gritou:
– Mas do que vocês dois estão falando?
Basil respondeu, intratável:
– Pergunte para ela. Parece saber de tudo.
– Vou lhe contar o que acho que aconteceu, se quiser – propôs Miss Marple. – Pode me corrigir, sr. Blake, se estiver enganada. Acho que depois de uma discussão violenta com sua esposa em uma festa e depois de ter bebido... hã... bastante além da conta, o senhor veio de carro para casa. Não sei que horas chegou...
Basil Blake respondeu, incomodado:
– Por volta das duas da manhã. Queria ir até a cidade primeiro, mas quando cheguei nos subúrbios mudei de ideia. Achei que Dinah poderia vir para cá atrás de mim. Então vim para casa. O lugar estava escuro, abri a porta, acendi a luz e vi... e eu vi...
Engoliu em seco e parou. Miss Marple prosseguiu:
– Viu uma garota deitada no tapete da lareira... uma garota em um vestido branco de festa, estrangulada. Não sei se a reconheceu naquele momento...
Basil Blake balançou a cabeça com força.
– Não conseguia olhar para ela depois de bater os olhos pela primeira vez... o rosto estava todo azul, inchado. Estava morta há algum tempo e estava *ali*... na *minha* sala!

Estremeceu.

Miss Marple falou com delicadeza:

– Não estava, claro, agindo normalmente. Estava em um estado de confusão e seus nervos não são muito resistentes. Ficou, acho, em pânico. Não sabia o que fazer...

– Achei que Dinah poderia aparecer a qualquer momento. E me encontraria ali com um cadáver, o cadáver de uma garota... e pensaria que a matei. Então tive uma ideia... pareceu, não sei por que, uma boa ideia na hora, pensei: vou deixar a menina na biblioteca do velho Bantry. Aquele velho maldito e pomposo, sempre de nariz empinado, fazendo cara feia por me achar artístico e afeminado. Daria uma lição no velho grosso, pensei. Vai ficar com cara de idiota quando uma linda morta for encontrada no tapete dele – e acrescentou, com uma necessidade patética de explicar: – Estava um pouco bêbado, sabem, na hora. E me pareceu decididamente *divertido*. O velho Bantry com uma loira morta.

– Sei, sei – disse Miss Marple. – O pequeno Tommy Bond teve uma ideia muito parecida. Um garoto bastante sensível, com complexo de inferioridade, dizia que a professora estava sempre no pé dele. Pôs um sapo dentro no relógio, e o bicho saltou em cima dela. Vocês dois são muito parecidos – continuou Miss Marple –, só que, claro, cadáveres são um assunto bem mais sério do que sapos.

Basil grunhiu de novo.

– Pela manhã, já estava sóbrio. Compreendi o que havia feito. Fiquei paralisado de medo. E quando a polícia veio aqui com outro imbecil pomposo, aquele chefe de polícia. Fiquei com medo dele... e a única maneira de esconder era sendo de uma grosseria abominável. E, no meio de tudo isso, Dinah chegou em casa.

Dinah olhou pela janela.

Disse:

– Há um carro chegando agora... com homens dentro.

– A polícia, imagino – disse Miss Marple.

Basil Blake se pôs de pé. De repente, ficou bem calmo e decidido. Até sorriu. Falou:

– Então é comigo, não é? Tudo bem, Dinah, meu doce, mantenha a calma. Procure o velho Sims, é o advogado da família, e procure minha mãe e conte tudo sobre nosso casamento. Ela não morde. E não se preocupe. *Eu não sou culpado.* Então vai ficar tudo bem, entende, meu bem?

Houve uma batida na porta da casa. Basil disse:

– Pode entrar.

O inspetor Slack entrou acompanhado de outro homem. Disse:

– Sr. Basil Blake?

– Sim.

– Tenho um mandado aqui para sua prisão, é acusado de ter assassinado Ruby Keene na noite de 21 de setembro último. Está avisado de que tudo que disser pode ser usado no seu julgamento. Faça a gentileza de me acompanhar. Vão lhe fornecer todos os meios para se comunicar com seu advogado.

Basil assentiu.

Olhou para Dinah, mas não tocou nela. Disse:

– Adeus, Dinah.

"Sujeito tranquilo", pensou o inspetor Slack.

Reconheceu a presença de Miss Marple com uma leve reverência e um "bom dia" e pensou consigo, "Que raposa velha, *ela* já estava sabendo! Foi bom termos conseguido aquele tapete. Isso mais a informação do homem do estacionamento do estúdio, de que ele saiu da festa às *onze*, e não à meia-noite. Não acho que foi intenção dos amigos dele cometerem perjúrio. Estavam mamados, e o Blake foi firme no dia seguinte quando disse a eles que saíra à meia-noite, e acreditaram. Bom, *este* já está bem no papo! Louco, imagino! Vai para o hospital em Broadmoor, em vez do enforcamento. Primeiro a menina dos Reeves, é provável que a tenha estrangulado, levou até a pedreira, voltou caminhando para Danemouth, pegou o próprio carro em alguma via secundária, foi para a festa, então voltou a Danemouth, trouxe Ruby Keene até aqui, estrangulou a moça, depositou o corpo na biblioteca do velho Bantry, depois provavelmente lembrou do carro na pedreira, voltou lá, ateou fogo e voltou para casa. Maluco, sedento por sexo e sangue, sorte *desta* moça ter escapado. É o que chamam de mania recorrente, imagino".

A sós com Miss Marple, Dinah Blake voltou-se para ela. Declarou:

– Não sei quem a senhora é, mas precisa entender uma coisa, *não foi Basil quem fez isso.*

Miss Marple disse:

– Sei que não foi ele. Sei quem *foi.* Mas não será fácil provar. Estou achando que algo que você disse agora há pouco pode ajudar. Isso me deu uma ideia... a *conexão* que estou tentando encontrar... agora o *que* era mesmo?

Capítulo 16

I

– Cheguei, Arthur! – declarou a sra. Bantry, anunciando o fato com ares de proclamação real ao escancarar a porta do escritório.

O coronel Bantry deu logo um salto, beijou a esposa e declarou com total sinceridade:

– Ora, ora, isso é esplêndido!

As palavras estavam impecáveis, os trejeitos muito bem cuidados, mas uma esposa afetuosa de muitos anos como a sra. Bantry não se deixava enganar. Foi logo indagando:

– Aconteceu alguma coisa?

– Não, claro que não, Dolly. O que poderia ter acontecido?

– Ah, não sei – disse a sra. Bantry com ar vago. – As coisas estão tão esquisitas, não estão?

Jogou longe o casaco enquanto falava, e o coronel Bantry o apanhou com todo o cuidado e depositou no encosto do sofá.

Tudo exatamente como de costume, exceto que não era de costume. Seu marido, pensou a sra. Bantry, parecia ter encolhido. Parecia mais magro, mais corcunda; havia bolsas embaixo dos olhos e aqueles olhos não estavam prontos a encarar os dela.

Ele retomou a conversa, ainda com aquela afetação de alegria:

– Bem, aproveitou sua estada em Danemouth?

– Oh! Foi muito divertido. Deveria ter vindo junto, Arthur.

– Não podia me distanciar, querida. Havia muitas coisas precisando de atenção por aqui.

– Ainda assim, acho que a mudança de ares teria sido boa para você. E não gosta dos Jefferson?

– Sim, sim, pobre sujeito. É um camarada simpático. Tudo tão triste.

– Com o que andou se ocupando desde que parti?

– Oh, nada de mais. Estive nas fazendas, sabe. Concordei que o Anderson precisa de um novo telhado, não dá mais para ficar remendando.

– Como foi a reunião do conselho de Radfordshire?

– Eu... bem... para falar a verdade, não fui.

– Não *foi*? Mas você estava assumindo a presidência!

– Bem, na verdade, Dolly... parece que houve algum engano quanto a isso. Eles me perguntaram se me importaria se Thompson assumisse no meu lugar.

– *Entendo* – disse a sra. Bantry.

Tirou uma das luvas e jogou no cesto de papel de propósito. O marido foi buscar, e ela o impediu, dizendo, com rispidez:

– Deixe. Odeio luvas.

O coronel Bantry olhou para a esposa aflito.

A sra. Bantry falou, austera:

– Foi jantar com os Duff na quinta-feira?

– Ah, isso! Foi adiado. A cozinheira ficou doente.

– Gente idiota – disse a sra. Bantry. Continuou: – Foi visitar os Naylor ontem?

– Telefonei dizendo que não estava me sentindo muito bem, esperava que me desculpassem. Eles compreenderam.

– Compreenderam, foi? – disse a sra. Bantry, ameaçadora.

Sentou-se junto da escrivaninha e, distraída, apanhou uma tesoura de jardim. Com ela, cortou um por um dos dedos de sua segunda luva.

– Mas o *que* está fazendo, Dolly?

– Estou com sentimentos destrutivos – declarou a sra. Bantry.

Levantou-se.

– Aonde vamos nos sentar depois do jantar, Arthur? Na biblioteca?

– Bem... hã... acho que não, não é? Aqui é muito bom, ou na sala de estar.

– Eu acho – disse a sra. Bantry – que vamos nos sentar na biblioteca!

Seu olhar firme encontrou o dele. O coronel Bantry se reposicionou bem ereto. Uma faísca brilhou em seu olho.

Disse:

– Tem razão, minha querida. Vamos nos sentar na biblioteca!

II

A sra. Bantry baixou o gancho do telefone com um suspiro de irritação. Telefonara duas vezes, e, em cada uma, a resposta fora a mesma: Miss Marple saíra.

De natureza naturalmente impaciente, a sra. Bantry não aceitava derrotas. Telefonou em rápida sucessão para a paróquia, a sra. Price Ridley, a srta. Hartnell, a srta. Wetherby, e, como último recurso, para o peixeiro que, em razão de sua vantajosa posição geográfica, em geral sempre sabia onde todo mundo estava na aldeia.

O peixeiro sentia muito, mas não vira Miss Marple na aldeia naquela manhã. Ela não fizera seu passeio habitual.

– Mas *onde* é que anda essa mulher? – exigiu a sra. Bantry, com impaciência, em voz alta.

Escutou uma tossidinha deferente atrás dela. O discreto Lorrimer murmurou:

– Está perguntando sobre Miss Marple, madame? Acabo de observá-la se aproximando da casa.

A sra. Bantry correu para a porta da frente, escancarou-a e cumprimentou Miss Marple, ofegante:

– Procurei por você *em toda parte*. Por onde andou? – olhou por cima do ombro. Lorrimer havia desaparecido com total discrição. – Tudo está *tão* horrendo! As pessoas estão começando a inventar desculpas a Arthur. Ele parece ter envelhecido *anos*. Nós *precisamos* fazer alguma coisa, Jane. *Você* precisa fazer alguma coisa!

Miss Marple disse:

– Não precisa se preocupar, Dolly – com uma voz bem peculiar.

O coronel Bantry surgiu na porta do escritório.

– Ah, Miss Marple. Bom dia. Que bom que veio. Minha esposa parece uma lunática lhe telefonando.

– Achei que seria melhor trazer as notícias – disse Miss Marple, enquanto acompanhava a sra. Bantry até o escritório.

– Notícias?

– Basil Blake foi preso pelo assassinato de Ruby Keene.

– Basil Blake? – exclamou o coronel.

– Mas ele não a matou – disse Miss Marple.

O coronel Bantry não prestou atenção na última declaração. É de se duvidar que sequer tenha chegado a ouvir.

– Está dizendo que ele estrangulou a moça e então a trouxe até aqui e depositou o corpo na *minha* biblioteca?

– Ele depositou na sua biblioteca – confirmou Miss Marple. – Mas não matou a moça.

– Absurdo! Se a pôs na minha biblioteca, é claro que matou! As duas coisas andam juntas.

– Não necessariamente. Ele a encontrou morta na casa dele.

– Uma história bem provável – disse o coronel, sendo irônico. – Se alguém encontra um corpo, ora, naturalmente chama a polícia, se for um homem honesto.

– Ah – disse Miss Marple –, mas nem todo mundo tem os nervos de aço do senhor, coronel Bantry. O senhor é da velha escola. A geração mais nova é diferente.

– Não têm vigor – disse o coronel, repetindo uma opinião já bem surrada sua.

– Alguns deles – defendeu Miss Marple – passaram por momentos difíceis. Já escutei muita coisa sobre o Basil. Ele trabalhou na defesa da brigada aérea quando tinha só dezoito anos. Entrou em uma casa pegando fogo e salvou quatro crianças, uma depois da outra. Voltou a entrar para buscar um cachorro, embora tivessem lhe dito que não era seguro. A construção caiu em cima dele. Conseguiram resgatá-lo, mas o peito ficou bastante esmagado e teve de usar gesso por quase um ano e ficou doente por um longo período depois disso. Foi então que se interessou por design.

– Oh! – o coronel pigarreou e assou o nariz. – Eu... hã... nunca soube disso.

– Ele não fala a respeito – disse Miss Marple.

– Hã... isso mesmo. Esse é o espírito. Deve ter mais espírito esse rapazote do que imaginei. Sempre achei que se esquivara da guerra, sabe. Mostra que devemos ter cuidado ao sair tirando conclusões.

O coronel Bantry pareceu envergonhado.

– Mas, mesmo assim – sua indignação reavivada –, o que ele queria com isso de tentar jogar a culpa de um assassinato em cima de *mim*?

– Não creio que ele viu dessa forma – disse Miss Marple. – Ele viu mais como uma... uma piada. Entenda, estava sob forte influência do álcool naquela hora.

– Embriagado, é? – disse o coronel Bantry com a compaixão britânica pelo excesso etílico. – Ah, bom, não se pode julgar um camarada pelo que faz quando está bêbado. Quando estive em Cambridge, lembro-me de ter posto certo utensílio... bem, bem, deixa para lá. Causou uma série de reprimendas.

Ele deu uma risada, então se recompôs, austero. Perscrutou Miss Marple com olhos inteligentes e calculistas. Disse:

– A *senhora* não acha que ele cometeu o assassinato, hein?

– Tenho certeza de que não.

– E acha que sabe quem foi?

Miss Marple assentiu.

A sra. Bantry, como um coro grego em êxtase, exclamou para as paredes:

– Ela não é maravilhosa?

– Bem, quem foi?

Miss Marple disse:

– Ia mesmo pedir para que me ajudassem. Acredito que se formos até Somerset House podemos ter uma ideia muito clara.

Capítulo 17

I

A expressão de Sir Henry estava muito grave.

Disse:

– Não gosto da ideia.

– Estou ciente – disse Miss Marple – de que não se trata de um método que consideraria ortodoxo. Mas é *tão* importante, não é, termos toda a *certeza*... "para tornar uma garantia duas vezes certa", como dizia Shakespeare. Acho que se o sr. Jefferson concordar...?

– E Harper? Ele também está sabendo?

– Pode dificultar para ele se souber demais. Mas podemos lhe dar alguma pista. Para que vigie certas pessoas, fazendo com que sejam seguidas, sabe.

Sir Henry disse devagar:

– Sim, isso faria sentido...

II

O superintendente Harper fitou Sir Henry Clithering com o olhar penetrante.

– Vamos esclarecer bem as coisas. O senhor está me dando uma pista?

Sir Henry disse:

– Estou lhe informando o que meu amigo acaba de me informar, sem me pedir segredo, que planeja visitar um advogado em Danemouth amanhã com o propósito de refazer o testamento.

As sobrancelhas grossas do superintendente desceram sobre seus olhos firmes. Disse:

– E o sr. Conway Jefferson propõe informar seu genro e nora desse fato?

– A intenção dele é fazer o anúncio hoje à noite.

– Entendo.

O superintendente bateu na mesa com o porta--caneta. Repetiu:

– Entendo...

Então o olhar penetrante mais uma vez mirou os olhos do outro. Harper perguntou:

– Então não está satisfeito com a acusação contra Basil Blake?

– E o senhor está?

Os bigodes do superintendente estremeceram. Disse:

– E Miss Marple está?

Os dois se entreolharam.

Então Harper falou:

– Pode deixar comigo. Vou detalhar tudo para meus homens. Não vamos dar chance para nenhuma gracinha, posso lhe prometer.

Sir Henry disse:

– Há mais uma coisa. É melhor que veja isso.

Desenrolou um pedaço de papel e empurrou para ele.

Desta vez, a calma do superintendente o desertou. Assoviou:

– Então é assim, é? Isso altera todo o aspecto geral da questão. Como foi que desencavou isso?

– As mulheres – disse Sir Henry – estão eternamente interessadas em casamento.

– Em especial – disse o superintendente – as mais velhas e solteiras.

III

Conway Jefferson ergueu o rosto quando o amigo entrou.

Seu rosto tenso relaxou em um sorriso. Falou:

– Bem, anunciei para eles. Levaram muito bem.

– O que disse?

– Contei que, como a Ruby estava morta, sentia que os cinquenta mil que originalmente deixara para ela deveriam ser destinados a algo que pudesse associar a sua memória. Seriam doados para um abrigo de jovens moças que trabalham como dançarinas profissionais em Londres. É um destino bem bobo para o dinheiro, estou surpreso que tenham engolido. Como se *eu* fosse fazer algo do tipo!

Acrescentou, meditativo:

– Sabe, fiz papel de tolo por causa daquela menina. Devo estar me transformando em um velho boboca. Agora vejo. Era uma menina bonita, mas a maior parte do que vi nela fui eu mesmo que projetei. Fingi que era outra Rosamund. Mesma cor de cabelo, sabe. Mas não o mesmo coração ou mentalidade. Pode me alcançar aquele papel, um problema bem interessante de bridge.

IV

Sir Henry desceu as escadas. Fez uma pergunta ao porteiro:

– O sr. Gaskell? Acaba de sair no carro dele. Precisou ir a Londres.

– Oh! Entendo. E a sra. Jefferson se encontra?

– A sra. Jefferson subiu para se deitar.

Sir Henry examinou o lobby e a sala de baile. No lobby, Hugo McLean estava completando um jogo de palavras cruzadas e franzindo bastante a testa. No salão de baile, Josie sorria com bravura para o rosto de um homem corpulento e suado, enquanto os pés ligeiros evitavam os passos destrutivos do outro. O homem estava nitidamente apreciando a dança. Raymond, gracioso e cansado, dançava com uma moça de aparência anêmica com adenoides, cabelos castanhos sem vida e um vestido caro que lhe caía exageradamente mal.

Sir Henry resmungou de maneira quase inaudível:

– *Então para a cama* – e subiu.

V

Eram três da manhã. O vento diminuíra, a lua brilhava sobre o mar calmo.

No quarto de Conway Jefferson só se ouvia sua própria respiração pesada enquanto repousava reclinado sobre travesseiros.

Não havia nenhuma brisa para remexer as cortinas na janela, mas elas se moveram... Por um momento se abriram, e um vulto apareceu estampado contra a luz da lua. Então, voltaram ao lugar. Tudo tornou a ficar quieto, mas havia mais alguém dentro do quarto.

Mais e mais próximo da cama, o intruso se movia. A respiração profunda no travesseiro não afrouxava.

Não havia nenhum ruído, ou quase nenhum. O dedo e o polegar estavam prontos para puxar uma dobra de pele; na outra mão, a seringa hipodérmica estava preparada.

E então, de repente, das sombras veio uma mão que se fechou sobre a que segurava a agulha, o outro braço agarrou a figura com uma firmeza de ferro.

Uma voz sem emoção, a voz da lei anunciou:

– Não, você não vai. Esta seringa é minha!

A luz acendeu e, de seu travesseiro, Conway Jefferson olhou, impiedoso, para a pessoa que matara Ruby Keene.

Capítulo 18

I

Sir Henry Clithering disse:

– Falando como se eu fosse o Watson, quero entender seus métodos, Miss Marple.

O superintendente Harper disse:

– *Gostaria* de saber o que foi que lhe deu a dica.

O coronel Melchett disse:

– A senhora acertou de novo, por Júpiter! Quero saber de tudo desde o começo.

Miss Marple alisou a seda de seu melhor vestido longo. Corou, sorriu e pareceu desconfortável com a atenção.

Relatou:

– Receio que vão achar meus "métodos", como Sir Henry mencionou, terrivelmente amadores. A verdade é que, vejam, a maioria das pessoas, e não estou excluindo os policiais, é crédula demais para este mundo tão perverso. Acreditam no que lhes é dito. Jamais faço isso. Receio que sempre prefira provar tudo por mim mesma.

– Essa é a atitude científica – afirmou Sir Henry.

– Neste caso – continuou Miss Marple –, certas coisas foram dadas como certas desde o princípio, em vez de apenas se aterem aos fatos. Os fatos, na minha percepção, eram que a vítima era bem jovem e que roía as unhas e seus dentes eram um pouco para fora... como os de tantas outras meninas que não corrigem a tempo com um aparelho (e as crianças são muito levadas, tirando o aparelho quando os mais velhos não estão olhando).

"Mas estou fugindo do ponto. Onde estava? Ah, sim, examinando a moça morta e sentindo pena, porque sempre é triste ver uma juventude encurtada, e pensando que quem quer que tenha feito aquilo era uma pessoa muito má. Claro que era tudo muito confuso por ela ter sido encontrada na biblioteca do coronel Bantry, o conjunto parecia demais com um livro para ser *verdade*. De fato, formava o padrão errado. Não era, entendam, *planejado*, o que nos confundiu muito. A ideia *original* era mandar o corpo para o pobre jovem Basil Blake (uma pessoa muito mais *provável*), e a atitude dele de depositar a moça na biblioteca do coronel atrasou as coisas de maneira considerável e deve ter sido fonte de grande irritação para o *verdadeiro* assassino.

"Originalmente, entendam, o sr. Blake teria sido o primeiro alvo de suspeitas. Conduziriam inquéritos em Danemouth, descobririam que ele conhecia a moça, então descobririam que ele acabara de se envolver com outra, concluiriam que Ruby teria chantageado o rapaz, ou algo assim, e que ele a estrangulara em um ataque de raiva. Apenas um crime ordinário, sórdido, do tipo que eu chamo *crime de boate*!

"Mas, claro, *deu tudo errado*, e o interesse se voltou cedo demais para a família Jefferson, para grande incômodo de *certa pessoa*.

"Como já lhes disse, tenho uma mentalidade muito desconfiada. Meu sobrinho Raymond me diz (por brincadeira, claro, e de maneira muito afetuosa) que minha cabeça é como uma *pia*. Diz que a maioria dos vitorianos tem isso. Tudo que posso dizer é que os vitorianos entendem bastante a natureza humana.

"Como digo, dotada dessa mente tão anti-higiênica – ou seria *higiênica*? –, me voltei de imediato para a questão do *dinheiro*. Duas pessoas se beneficiariam com a morte dessa moça, não se podia fugir disso. Cinquenta mil libras é muito dinheiro, em especial quando se está com dificuldades financeiras, como esses dois estavam. Claro que os dois pareciam pessoas muito simpáticas e agradáveis, não pareciam *aptos*, mas isso a gente nunca sabe, sabe?

"A sra. Jefferson, por exemplo, todo mundo gostava dela. Mas parecia claro que ela se tornara inquieta durante o verão e que estava cansada da vida que levava, dependendo por completo do sogro. Ela sabia, porque o médico lhe avisara, que ele não duraria muito, então ficaria tudo *bem*, colocando de maneira grosseira, ou *teria* ficado se Ruby Keene não houvesse aparecido. A sra. Jefferson era de uma dedicação fervorosa ao filho, e algumas mulheres têm a ideia curiosa de que crimes cometidos em nome de sua prole são quase que justificados moralmente. Já encontrei essa postura uma ou duas vezes na aldeia. 'Bom, fiz tudo pela Daisy, está vendo, senhora', elas dizem, e parecem achar que isso torna uma conduta duvidosa quase que aceitável. Um pensamento muito *permissivo*.

"O sr. Mark Gaskell, claro, era, de largada, se me permitem usar uma expressão esportiva, muito mais provável. Era jogador e não tinha, imagino, um código moral muito elevado. Mas, por certos motivos, eu era da opinião de que uma mulher estava implicada no crime.

"Como eu digo, de olho no motivo, o ângulo do dinheiro parecia *muito* promissor. Foi enfadonho descobrir que ambos tinham álibis para o horário em que Ruby Keene, de acordo com as evidências médicas, encontrara sua morte.

"Mas logo em seguida veio a descoberta do carro queimado com o corpo de Pamela Reeves dentro, e então a coisa toda me saltou aos olhos. Os álibis, claro, não tinham fundamento.

"Agora eu tinha duas *metades* do caso, ambas muito convincentes, mas que não se encaixavam. Deveria *haver* uma conexão, mas não conseguia encontrar. A única pessoa que eu *sabia* que estava implicada no crime não tinha motivo.

"Foi idiotice minha – confessou Miss Marple, refletindo.

"Se não fosse por Dinah Lee, não teria pensado nisso, a coisa mais óbvia do mundo. Somerset House! Casamento! Não era uma questão apenas do sr. Gaskell ou da sra. Jefferson, havia outras possibilidades de *casamento.* Se qualquer um daqueles dois se casasse, ou mesmo fosse *suscetível* a se casar, *então a outra pessoa no contrato de casamento estava envolvida também.* Raymond, por exemplo, poderia achar que tinha uma boa chance de casar-se com uma esposa rica. Ele andava sendo muito assíduo com a sra. Jefferson, e foi seu charme, acho, que a despertou de sua longa viuvez. Ela estivera bem contente em ser apenas a filha do sr. Jefferson, como Rute e Noemi, só que Noemi, se vocês se lembram, se esforçou muito para arranjar um casamento adequado para Rute.

"Além de Raymond, havia o sr. McLean. Ela gostava muito dele e parecia bastante provável que fossem se casar no fim das contas. *Ele* não tinha tanto dinheiro assim, e não estava longe de Danemouth na noite em questão. Então parecia, não é – propôs Miss Marple –, como se *qualquer um* fosse capaz do crime?

"Mas, claro, de fato, na minha cabeça, eu *sabia.* Não se pode fugir, não é, daquelas unhas roídas?"

– Unhas? – indagou Sir Henry. – Mas ela quebrou a unha e cortou as outras.

– Bobagem – disse Miss Marple. – Unhas *roídas* e unhas bem *curtas* são coisas muito diferentes! Ninguém pode confundir as duas se conhece alguma coisa sobre unhas femininas; são unhas muito feias, as roídas, como sempre digo para as meninas de minha classe. Aquelas unhas, entendam, eram um *dado*. E elas poderiam significar apenas uma coisa. *O corpo na biblioteca do coronel Bantry não era de Ruby Keene.*

"E isso nos leva diretamente para a outra pessoa que deveria estar envolvida. *Josie*! Josie identificou o corpo. Ela sabia, *deveria* saber que não era o corpo de Ruby Keene. Afirmou que era. Ela ficou perplexa, totalmente perplexa ao descobrir que o corpo estava naquele lugar. Ela praticamente se traiu ali. Por quê? Porque *ela* sabia, melhor do que ninguém, onde deveria ter sido encontrado! Na casa de Basil Blake. Quem direcionou nossa atenção para Basil? Josie, dizendo a Raymond que Ruby poderia ter saído com o rapaz do cinema. E, antes disso, ao enfiar uma fotografia dele na bolsa de Ruby. Quem acalentava tamanha raiva amargurada contra a menina morta que não conseguia disfarçar nem mesmo quando viu o corpo? Josie! Josie, que era esperta, prática, com nervos de aço e fazia *tudo por dinheiro*.

"Foi isso que eu quis dizer sobre acreditar muito prontamente em alguma coisa. Ninguém pensou em desacreditar a declaração de Josie de que aquele corpo era de Ruby Keene. Só porque não parecia, no momento, que ela teria qualquer motivo para mentir. Motivo sempre foi a dificuldade, era evidente que Josie estava envolvida, mas a morte de Ruby parecia, por todos os indícios, contrária aos interesses dela. Foi só depois de Dinah Lee mencionar Somerset House que conectei as coisas.

"Um casamento! Se Josie e Mark Gaskell fossem de fato casados, então a coisa toda ficava clara. Como agora sabemos, Mark e Josie se casaram há um ano. Estavam guardando segredo até que o sr. Jefferson morresse.

"Foi de fato muito interessante, sabem, delinear a sequência dos acontecimentos, examinando com exatidão como o plano resultara. Complicado, porém simples. Primeiro de tudo a escolha da pobrezinha, Pamela, a abordagem se utilizando da história do filme. Um teste de filmagem, claro, a pobre menina não tinha como resistir, não quando lhe foi apresentado de maneira tão plausível como Mark Gaskell fez. Ela vai ao hotel, ele espera por ela, a recebe pela porta lateral e apresenta para Josie, uma de suas maquiadoras profissionais! Coitada daquela menina, chego a ficar enojada só de pensar! Sentada no banheiro da Josie enquanto ela descolore o cabelo da menina, maquia o rosto e passa esmalte nas unhas das mãos e dos pés. Durante tudo isso, a droga foi ministrada. Em um refrigerante, é bem provável. A menina entra em coma. Imagino que a puseram num daqueles quartos vagos dos funcionários, que só são limpos uma vez por semana, lembrem disso.

"Depois do jantar, Mark Gaskell sai com seu carro, para a orla, *diz ele*. Foi aí que levou o corpo de Pamela para a casa, vestida com um dos vestidos velhos de Ruby, e a depositou sobre o tapete. Ela estava ainda inconsciente, mas não morta, quando ele a estrangula com a fita do vestido... Nada gentil, não... mas torço e rezo para que ela não tenha percebido nada. Na verdade, fico bastante feliz em imaginá-lo sendo enforcado... isso deve ter sido logo depois das dez. Então ele retorna com toda a velocidade e encontra os outros no hotel onde Ruby Keene, *ainda viva*, dançava seu número com Raymond.

"Imagino que Josie tenha dado instruções para Ruby de antemão. Ruby estava acostumada a fazer o que Josie mandava. Era para se trocar, ir ao quarto de Josie e esperar. Ela também foi drogada, provavelmente com o café depois do jantar. Estava bocejando, lembram, quando conversou com o jovem Bartlett.

"Josie subiu depois para 'procurá-la', mas *ninguém a não ser Josie entrou no próprio quarto.* É provável que tenha terminado com a menina ali, com uma injeção, talvez, ou uma pancada atrás da cabeça. Desceu, dançou com Raymond, conversou com a família Jefferson sobre o paradeiro de Ruby e, por fim, foi dormir. Nas primeiras horas da manhã, vestiu a menina com as roupas de Pamela, carregou o corpo pelas escadas laterais, era uma mulher bastante forte e musculosa, apanhou o carro de George Bartlett, dirigiu por três quilômetros até a pedreira, derramou gasolina e ateou fogo. Depois, caminhou de volta ao hotel, provavelmente calculando a chegada para as oito ou nove da manhã, para estar acordada logo cedo por estar preocupada com Ruby!"

– Uma trama intricada – observou o coronel Melchett.

– Não mais intricada do que os passos de uma dança – disse Miss Marple.

– Suponho que não.

– Ela foi muito meticulosa – disse Miss Marple. – Chegou até a antever a discrepância entre as unhas. Foi por isso que deu um jeito de quebrar uma das unhas de Ruby com seu xale. Foi a desculpa para fingir que Ruby aparara as unhas.

Harper disse:

– Sim, ela pensou em tudo. E a única prova de verdade que a senhora tinha, Miss Marple, eram as unhas roídas de uma estudante.

– Mais do que isso – disse Miss Marple. – As pessoas *sempre* falam demais. Mark Gaskell falava demais. Estava falando de Ruby quando disse: "Os dentes dela quase desciam na garganta". Mas a morta na biblioteca do coronel tinha dentes *para fora.*

Conway Jefferson falou com tom sombrio:

– E aquele último *desfecho* dramático foi ideia sua, Miss Marple?

Miss Marple confessou:

– Bem, *foi*, para falar a verdade. É tão bom a gente ter *certeza*, não é?

– Certeza é a palavra – disse Conway Jefferson, melancólico.

– Veja bem – disse Miss Marple –, uma vez que Mark e Josie sabiam que o senhor faria um novo testamento, eles *teriam* de tomar alguma providência. Já haviam cometido *dois* assassinatos por conta do dinheiro. Então poderiam muito bem cometer um terceiro. Mark, claro, precisava se eximir por completo, então foi para Londres e estabeleceu um álibi ao jantar no restaurante com amigos e saindo para uma boate. Josie faria o serviço. Eles ainda queriam que a morte de Ruby fosse responsabilidade de Basil, então a morte do sr. Jefferson deveria aparentar ter ocorrido por deficiência cardíaca. Havia digitalina, foi o que o superintendente me disse, na seringa. Qualquer médico pensaria que a morte por problema no coração teria sido muito natural diante das circunstâncias. Josie soltara uma das bolas de concreto da sacada e faria com que ela caísse depois. A morte dele teria sido atribuída a um choque por conta do ruído.

Melchett disse:

– Que diaba engenhosa.

Sir Henry disse:

– Então, a terceira morte de que a senhora falou teria sido a de Conway Jefferson?

Miss Marple fez que não.

– Oh, não, estava falando de Basil Blake. Eles teriam conseguido com que fosse enforcado se pudessem.

– Ou trancafiado em Broadmoor – disse Sir Henry.

Conway Jefferson grunhiu. Disse:

– Sempre soube que Rosamund se casara com um canalha. Tentei não admitir para mim mesmo. Ela gostava demais dele. Gostava de um assassino! Bem, ele vai ser enforcado junto com a mulher. Fico feliz que tenha se desestruturado e entregado o jogo.

Miss Marple disse:

– Ela sempre foi a mais forte. O plano foi todo dela. A ironia é que ela mesma chamou a menina para cá, sem jamais sonhar que ganharia o coração do sr. Jefferson, arruinando todas as suas perspectivas.

Jefferson disse:

– Pobre criança... Pobrezinha da Ruby...

Adelaide Jefferson e Hugo McLean entraram. Adelaide parecia quase bonita naquela noite. Foi até Conway Jefferson e pôs a mão no seu ombro. Disse, com a voz um pouco embargada:

– Quero lhe contar uma coisa, Jeff. De uma vez por todas. Vou me casar com Hugo.

Conway Jefferson olhou para ela por um instante. Falou com jeito rude:

– Está mais do que na hora de se casar de novo. Parabéns aos dois. Aliás, Addie, vou fazer um novo testamento amanhã.

Ela assentiu.

– Ah, sim, já sei.

Jefferson disse:

– Não, não sabe. Vou destinar dez mil libras para você. Todo o resto vai para Peter quando eu morrer. Fica bem para você, minha menina?

– Oh, *Jeff*! – a voz dela falhou. – Você é *maravilhoso*!

– Ele é um bom menino. Gostaria de conviver mais com ele no tempo que me resta.

– Oh, você vai!

– Tem um bom tino para crimes, o Peter – disse Conway Jefferson, refletindo. – Não só ele conseguiu a unha da menina assassinada, uma das meninas, enfim, mas teve a sorte de pegar um fiapo do xale de Josie junto com a unha. Então tem um souvenir da assassina também! Isso o deixou muito feliz!

II

Hugo e Adelaide passaram pelo salão de baile. Raymond foi até eles.

Adelaide disse, apressada:

– Preciso lhe contar minhas novidades. Vamos nos casar.

O sorriso no rosto de Raymond foi perfeito, um sorriso compenetrado e corajoso.

– Desejo – disse, ignorando Hugo e olhando intensamente no fundo dos olhos dela – que você seja muito, muito feliz...

Seguiram adiante, e Raymond ficou parado olhando para os dois.

"Uma boa mulher", pensou consigo. "Uma mulher muito especial e com dinheiro também. O trabalho que passei para inventar aquela história sobre os Starr de Devonshire... Ah, bem, não foi desta vez. Dance, dance, senhor cavalheiro!"

E Raymond retornou ao salão.

Coleção **L&PM** POCKET

ÚLTIMOS LANÇAMENTOS

930.**Aulete de bolso**
931.**Hora Zero** – Agatha Christie
932.**Morte na Mesopotâmia** – Agatha Christie
934.**Nem te conto, João** – Dalton Trevisan
935.**As aventuras de Huckleberry Finn** – Mark Twain
936(21).**Marilyn Monroe** – Anne Plantagenet
937.**China moderna** – Rana Mitter
938.**Dinossauros** – David Norman
939.**Louca por homem** – Claudia Tajes
940.**Amores de alto risco** – Walter Riso
941.**Jogo de damas** – David Coimbra
942.**Filha é filha** – Agatha Christie
943.**M ou N?** – Agatha Christie
945.**Bidu: diversão em dobro!** – Mauricio de Sousa
946.**Fogo** – Anaïs Nin
947.**Rum: diário de um jornalista bêbado** – Hunter Thompson
948.**Persuasão** – Jane Austen
949.**Lágrimas na chuva** – Sergio Faraco
950.**Mulheres** – Bukowski
951.**Um pressentimento funesto** – Agatha Christie
952.**Cartas na mesa** – Agatha Christie
954.**O lobo do mar** – Jack London
955.**Os gatos** – Patricia Highsmith
956(22).**Jesus** – Christiane Rancé
957.**História da medicina** – William Bynum
958.**O Morro dos Ventos Uivantes** – Emily Brontë
959.**A filosofia na era trágica dos gregos** – Nietzsche
960.**Os treze problemas** – Agatha Christie
961.**A massagista japonesa** – Moacyr Scliar
963.**Humor do miserê** – Nani
964.**Todo o mundo tem dúvida, inclusive você** – Édison de Oliveira
965.**A dama do Bar Nevada** – Sergio Faraco
969.**O psicopata americano** – Bret Easton Ellis
970.**Ensaios de amor** – Alain de Botton
971.**O grande Gatsby** – F. Scott Fitzgerald
972.**Por que não sou cristão** – Bertrand Russell
973.**A Casa Torta** – Agatha Christie
974.**Encontro com a morte** – Agatha Christie
975(23).**Rimbaud** – Jean-Baptiste Baronian
976.**Cartas na rua** – Bukowski
977.**Memória** – Jonathan K. Foster
978.**A abadia de Northanger** – Jane Austen
979.**As pernas de Úrsula** – Claudia Tajes
980.**Retrato inacabado** – Agatha Christie
981.**Solanin (1)** – Inio Asano
982.**Solanin (2)** – Inio Asano
983.**Aventuras de menino** – Mitsuru Adachi
984(16).**Fatos & mitos sobre sua alimentação** – Dr. Fernando Lucchese
985.**Teoria quântica** – John Polkinghorne
986.**O eterno marido** – Fiódor Dostoiévski
987.**Um safado em Dublin** – J. P. Donleavy
988.**Mirinha** – Dalton Trevisan
989.**Akhenaton e Nefertiti** – Carmen Seganfredo e A. S. Franchini
990.**On the Road – o manuscrito original** – Jack Kerouac
991.**Relatividade** – Russell Stannard
992.**Abaixo de zero** – Bret Easton Ellis
993(24).**Andy Warhol** – Mériam Korichi
995.**Os últimos casos de Miss Marple** – Agatha Christie
996.**Nico Demo: Aí vem encrenca** – Mauricio de Sousa
998.**Rousseau** – Robert Wokler
999.**Noite sem fim** – Agatha Christie
1000.**Diários de Andy Warhol (1)** – Editado por Pat Hackett
1001.**Diários de Andy Warhol (2)** – Editado por Pat Hackett
1002.**Cartier-Bresson: o olhar do século** – Pierre Assouline
1003.**As melhores histórias da mitologia: vol. 1** – A.S. Franchini e Carmen Seganfredo
1004.**As melhores histórias da mitologia: vol. 2** – A.S. Franchini e Carmen Seganfredo
1005.**Assassinato no beco** – Agatha Christie
1006.**Convite para um homicídio** – Agatha Christie
1008.**História da vida** – Michael J. Benton
1009.**Jung** – Anthony Stevens
1010.**Arsène Lupin, ladrão de casaca** – Maurice Leblanc
1011.**Dublinenses** – James Joyce
1012.**120 tirinhas da Turma da Mônica** – Mauricio de Sousa
1013.**Antologia poética** – Fernando Pessoa
1014.**A aventura de um cliente ilustre** ***seguido de*** **O último adeus de Sherlock Holmes** – Sir Arthur Conan Doyle
1015.**Cenas de Nova York** – Jack Kerouac
1016.**A corista** – Anton Tchékhov
1017.**O diabo** – Leon Tolstói
1018.**Fábulas chinesas** – Sérgio Capparelli e Márcia Schmaltz
1019.**O gato do Brasil** – Sir Arthur Conan Doyle
1020.**Missa do Galo** – Machado de Assis
1021.**O mistério de Marie Rogêt** – Edgar Allan Poe
1022.**A mulher mais linda da cidade** – Bukowski
1023.**O retrato** – Nicolai Gogol
1024.**O conflito** – Agatha Christie
1025.**Os primeiros casos de Poirot** – Agatha Christie
1027(25).**Beethoven** – Bernard Fauconnier
1028.**Platão** – Julia Annas
1029.**Cleo e Daniel** – Roberto Freire
1030.**Til** – José de Alencar
1031.**Viagens na minha terra** – Almeida Garrett
1032.**Profissões para mulheres e outros artigos feministas** – Virginia Woolf
1033.**Mrs. Dalloway** – Virginia Woolf
1034.**O cão da morte** – Agatha Christie

1035.**Tragédia em três atos** – Agatha Christie
1037.**O fantasma da Ópera** – Gaston Leroux
1038.**Evolução** – Brian e Deborah Charlesworth
1039.**Medida por medida** – Shakespeare
1040.**Razão e sentimento** – Jane Austen
1041.**A obra-prima ignorada** ***seguido de*** **Um episódio durante o Terror** – Balzac
1042.**A fugitiva** – Anaïs Nin
1043.**As grandes histórias da mitologia greco--romana** – A. S. Franchini
1044.**O corno de si mesmo & outras historietas** – Marquês de Sade
1045.**Da felicidade** ***seguido de*** **Da vida retirada** – Sêneca
1046.**O horror em Red Hook e outras histórias** – H. P. Lovecraft
1047.**Noite em claro** – Martha Medeiros
1048.**Poemas clássicos chineses** – Li Bai, Du Fu e Wang Wei
1049.**A terceira moça** – Agatha Christie
1050.**Um destino ignorado** – Agatha Christie
1051(26).**Buda** – Sophie Royer
1052.**Guerra Fria** – Robert J. McMahon
1053.**Simons's Cat: as aventuras de um gato travesso e comilão – vol. 1** – Simon Tofield
1054.**Simons's Cat: as aventuras de um gato travesso e comilão – vol. 2** – Simon Tofield
1055.**Só as mulheres e as baratas sobreviverão** – Claudia Tajes
1057.**Pré-história** – Chris Gosden
1058.**Pintou sujeira!** – Mauricio de Sousa
1059.**Contos de Mamãe Gansa** – Charles Perrault
1060.**A interpretação dos sonhos: vol. 1** – Freud
1061.**A interpretação dos sonhos: vol. 2** – Freud
1062.**Frufru Rataplã Dolores** – Dalton Trevisan
1063.**As melhores histórias da mitologia egípcia** – Carmem Seganfredo e A.S. Franchini
1064.**Infância. Adolescência. Juventude** – Tolstói
1065.**As consolações da filosofia** – Alain de Botton
1066.**Diários de Jack Kerouac – 1947-1954**
1067.**Revolução Francesa – vol. 1** – Max Gallo
1068.**Revolução Francesa – vol. 2** – Max Gallo
1069.**O detetive Parker Pyne** – Agatha Christie
1070.**Memórias do esquecimento** – Flávio Tavares
1071.**Drogas** – Leslie Iversen
1072.**Manual de ecologia (vol.2)** – J. Lutzenberger
1073.**Como andar no labirinto** – Affonso Romano de Sant'Anna
1074.**A orquídea e o serial killer** – Juremir Machado da Silva
1075.**Amor nos tempos de fúria** – Lawrence Ferlinghetti
1076.**A aventura do pudim de Natal** – Agatha Christie
1078.**Amores que matam** – Patricia Faur
1079.**Histórias de pescador** – Mauricio de Sousa
1080.**Pedaços de um caderno manchado de vinho** – Bukowski
1081.**A ferro e fogo: tempo de solidão (vol.1)** – Josué Guimarães
1082.**A ferro e fogo: tempo de guerra (vol.2)** – Josué Guimarães
1084(17).**Desembarcando o Alzheimer** – Dr. Fernando Lucchese e Dra. Ana Hartmann
1085.**A maldição do espelho** – Agatha Christie
1086.**Uma breve história da filosofia** – Nigel Warburton
1088.**Heróis da História** – Will Durant
1089.**Concerto campestre** – L. A. de Assis Brasil
1090.**Morte nas nuvens** – Agatha Christie
1092.**Aventura em Bagdá** – Agatha Christie
1093.**O cavalo amarelo** – Agatha Christie
1094.**O método de interpretação dos sonhos** – Freud
1095.**Sonetos de amor e desamor** – Vários
1096.**120 tirinhas do Dilbert** – Scott Adams
1097.**200 fábulas de Esopo**
1098.**O curioso caso de Benjamin Button** – F. Scott Fitzgerald
1099.**Piadas para sempre: uma antologia para morrer de rir** – Visconde da Casa Verde
1100.**Hamlet (Mangá)** – Shakespeare
1101.**A arte da guerra (Mangá)** – Sun Tzu
1104.**As melhores histórias da Bíblia (vol.1)** – A. S. Franchini e Carmen Seganfredo
1105.**As melhores histórias da Bíblia (vol.2)** – A. S. Franchini e Carmen Seganfredo
1106.**Psicologia das massas e análise do eu** – Freud
1107.**Guerra Civil Espanhola** – Helen Graham
1108.**A autoestrada do sul e outras histórias** – Julio Cortázar
1109.**O mistério dos sete relógios** – Agatha Christie
1110.**Peanuts: Ninguém gosta de mim... (amor)** – Charles Schulz
1111.**Cadê o bolo?** – Mauricio de Sousa
1112.**O filósofo ignorante** – Voltaire
1113.**Totem e tabu** – Freud
1114.**Filosofia pré-socrática** – Catherine Osborne
1115.**Desejo de status** – Alain de Botton
1118.**Passageiro para Frankfurt** – Agatha Christie
1120.**Kill All Enemies** – Melvin Burgess
1121.**A morte da sra. McGinty** – Agatha Christie
1122.**Revolução Russa** – S. A. Smith
1123.**Até você, Capitu?** – Dalton Trevisan
1124.**O grande Gatsby (Mangá)** – F. S. Fitzgerald
1125.**Assim falou Zaratustra (Mangá)** – Nietzsche
1126. **Peanuts: É para isso que servem os amigos (amizade)** – Charles Schulz
1127(27).**Nietzsche** – Dorian Astor
1128.**Bidu: Hora do banho** – Mauricio de Sousa
1129.**O melhor do Macanudo Taurino** – Santiago
1130.**Radicci 30 anos** – Iotti
1131.**Show de sabores** – J.A. Pinheiro Machado
1132.**O prazer das palavras** – vol. 3 – Cláudio Moreno
1133.**Morte na praia** – Agatha Christie
1134.**O fardo** – Agatha Christie
1135.**Manifesto do Partido Comunista (Mangá)** – Marx & Engels
1136.**A metamorfose (Mangá)** – Franz Kafka

1137.**Por que você não se casou... ainda** – Tracy McMillan
1138.**Textos autobiográficos** – Bukowski
1139.**A importância de ser prudente** – Oscar Wilde
1140.**Sobre a vontade na natureza** – Arthur Schopenhauer
1141.**Dilbert (8)** – Scott Adams
1142.**Entre dois amores** – Agatha Christie
1143.**Cipreste triste** – Agatha Christie
1144.**Alguém viu uma assombração?** – Mauricio de Sousa
1145.**Mandela** – Elleke Boehmer
1146.**Retrato do artista quando jovem** – James Joyce
1147.**Zadig ou o destino** – Voltaire
1148.**O contrato social (Mangá)** – J.-J. Rousseau
1149.**Garfield fenomenal** – Jim Davis
1150.**A queda da América** – Allen Ginsberg
1151.**Música na noite & outros ensaios** – Aldous Huxley
1152.**Poesias inéditas & Poemas dramáticos** – Fernando Pessoa
1153.**Peanuts: Felicidade é...** – Charles M. Schulz
1154.**Mate-me por favor** – Legs McNeil e Gillian McCain
1155.**Assassinato no Expresso Oriente** – Agatha Christie
1156.**Um punhado de centeio** – Agatha Christie
1157.**A interpretação dos sonhos (Mangá)** – Freud
1158.**Peanuts: Você não entende o sentido da vida** – Charles M. Schulz
1159.**A dinastia Rothschild** – Herbert R. Lottman
1160.**A Mansão Hollow** – Agatha Christie
1161.**Nas montanhas da loucura** – H.P. Lovecraft
1162(28).**Napoleão Bonaparte** – Pascale Fautrier
1163.**Um corpo na biblioteca** – Agatha Christie
1164.**Inovação** – Mark Dodgson e David Gann
1165.**O que toda mulher deve saber sobre os homens: a afetividade masculina** – Walter Riso
1166.**O amor está no ar** – Mauricio de Sousa
1167.**Testemunha de acusação & outras histórias** – Agatha Christie
1168.**Etiqueta de bolso** – Celia Ribeiro
1169.**Poesia reunida (volume 3)** – Affonso Romano de Sant'Anna
1170.**Emma** – Jane Austen
1171.**Que seja em segredo** – Ana Miranda
1172.**Garfield sem apetite** – Jim Davis
1173.**Garfield: Foi mal...** – Jim Davis
1174.**Os irmãos Karamázov (Mangá)** – Dostoiévski
1175.**O Pequeno Príncipe** – Antoine de Saint-Exupéry
1176.**Peanuts: Ninguém mais tem o espírito aventureiro** – Charles M. Schulz
1177.**Assim falou Zaratustra** – Nietzsche
1178.**Morte no Nilo** – Agatha Christie
1179.**Ê, soneca boa** – Mauricio de Sousa
1180.**Garfield a todo o vapor** – Jim Davis
1181.**Em busca do tempo perdido (Mangá)** – Proust
1182.**Cai o pano: o último caso de Poirot** – Agatha Christie
1183.**Livro para colorir e relaxar** – Livro 1
1184.**Para colorir sem parar**
1185.**Os elefantes não esquecem** – Agatha Christie
1186.**Teoria da relatividade** – Albert Einstein
1187.**Compêndio da psicanálise** – Freud
1188.**Visões de Gerard** – Jack Kerouac
1189.**Fim de verão** – Mohiro Kitoh
1190.**Procurando diversão** – Mauricio de Sousa
1191.**E não sobrou nenhum e outras peças** – Agatha Christie
1192.**Ansiedade** – Daniel Freeman & Jason Freeman
1193.**Garfield: pausa para o almoço** – Jim Davis
1194.**Contos do dia e da noite** – Guy de Maupassant
1195.**O melhor de Hagar 7** – Dik Browne
1196(29).**Lou Andreas-Salomé** – Dorian Astor
1197(30).**Pasolini** – René de Ceccatty
1198.**O caso do Hotel Bertram** – Agatha Christie
1199.**Crônicas de motel** – Sam Shepard
1200.**Pequena filosofia da paz interior** – Catherine Rambert
1201.**Os sertões** – Euclides da Cunha
1202.**Treze à mesa** – Agatha Christie
1203.**Bíblia** – John Riches
1204.**Anjos** – David Albert Jones
1205.**As tirinhas do Guri de Uruguaiana 1** – Jair Kobe
1206.**Entre aspas (vol.1)** – Fernando Eichenberg
1207.**Escrita** – Andrew Robinson
1208.**O spleen de Paris: pequenos poemas em prosa** – Charles Baudelaire
1209.**Satíricon** – Petrônio
1210.**O avarento** – Molière
1211.**Queimando na água, afogando-se na chama** – Bukowski
1212.**Miscelânea septuagenária: contos e poemas** – Bukowski
1213.**Que filosofar é aprender a morrer e outros ensaios** – Montaigne
1214.**Da amizade e outros ensaios** – Montaigne
1215.**O medo à espreita e outras histórias** – H.P. Lovecraft
1216.**A obra de arte na era de sua reprodutibilidade técnica** – Walter Benjamin
1217.**Sobre a liberdade** – John Stuart Mill
1218.**O segredo de Chimneys** – Agatha Christie
1219.**Morte na rua Hickory** – Agatha Christie
1220.**Ulisses (Mangá)** – James Joyce
1221.**Ateísmo** – Julian Baggini
1222.**Os melhores contos de Katherine Mansfield** – Katherine Mansfield
1223(31).**Martin Luther King** – Alain Foix
1224.**Millôr Definitivo: uma antologia de *A Bíblia do Caos*** – Millôr Fernandes
1225.**O Clube das Terças-Feiras e outras histórias** – Agatha Christie

1226.**Por que sou tão sábio** – Nietzsche
1227.**Sobre a mentira** – Platão
1228.**Sobre a leitura** ***seguido do*** **Depoimento de Céleste Albaret** – Proust
1229.**O homem do terno marrom** – Agatha Christie
1230(32).**Jimi Hendrix** – Franck Médioni
1231.**Amor e amizade e outras histórias** – Jane Austen
1232.**Lady Susan, Os Watson e Sanditon** – Jane Austen
1233.**Uma breve história da ciência** – William Bynum
1234.**Macunaíma: o herói sem nenhum caráter** – Mário de Andrade
1235.**A máquina do tempo** – H.G. Wells
1236.**O homem invisível** – H.G. Wells
1237.**Os 36 estratagemas: manual secreto da arte da guerra** – Anônimo
1238.**A mina de ouro e outras histórias** – Agatha Christie
1239.**Pic** – Jack Kerouac
1240.**O habitante da escuridão e outros contos** – H.P. Lovecraft
1241.**O chamado de Cthulhu e outros contos** – H.P. Lovecraft
1242.**O melhor de Meu reino por um cavalo!** – Edição de Ivan Pinheiro Machado
1243.**A guerra dos mundos** – H.G. Wells
1244.**O caso da criada perfeita e outras histórias** – Agatha Christie
1245.**Morte por afogamento e outras histórias** – Agatha Christie
1246.**Assassinato no Comitê Central** – Manuel Vázquez Montalbán
1247.**O papai é pop** – Marcos Piangers
1248.**O papai é pop 2** – Marcos Piangers
1249.**A mamãe é rock** – Ana Cardoso
1250.**Paris boêmia** – Dan Franck
1251.**Paris libertária** – Dan Franck
1252.**Paris ocupada** – Dan Franck
1253.**Uma anedota infame** – Dostoiévski
1254.**O último dia de um condenado** – Victor Hugo
1255.**Nem só de caviar vive o homem** – J.M. Simmel
1256.**Amanhã é outro dia** – J.M. Simmel
1257.**Mulherzinhas** – Louisa May Alcott
1258.**Reforma Protestante** – Peter Marshall
1259.**História econômica global** – Robert C. Allen
1260(33).**Che Guevara** – Alain Foix
1261.**Câncer** – Nicholas James
1262.**Akhenaton** – Agatha Christie
1263.**Aforismos para a sabedoria de vida** – Arthur Schopenhauer
1264.**Uma história do mundo** – David Coimbra
1265.**Ame e não sofra** – Walter Riso
1266.**Desapegue-se!** – Walter Riso
1267.**Os Sousa: Uma família do barulho** – Mauricio de Sousa
1268.**Nico Demo: O rei da travessura** – Mauricio de Sousa
1269.**Testemunha de acusação e outras peças** – Agatha Christie
1270(34).**Dostoiévski** – Virgil Tanase
1271.**O melhor de Hagar 8** – Dik Browne
1272.**O melhor de Hagar 9** – Dik Browne
1273.**O melhor de Hagar 10** – Dik e Chris Browne
1274.**Considerações sobre o governo representativo** – John Stuart Mill
1275.**O homem Moisés e a religião monoteísta** – Freud
1276.**Inibição, sintoma e medo** – Freud
1277.**Além do princípio de prazer** – Freud
1278.**O direito de dizer não!** – Walter Riso
1279.**A arte de ser flexível** – Walter Riso
1280.**Casados e descasados** – August Strindberg
1281.**Da Terra à Lua** – Júlio Verne
1282.**Minhas galerias e meus pintores** – Kahnweiler
1283.**A arte do romance** – Virginia Woolf
1284.**Teatro completo v. 1: As aves da noite** ***seguido de*** **O visitante** – Hilda Hilst
1285.**Teatro completo v. 2: O verdugo** ***seguido de*** **A morte do patriarca** – Hilda Hilst
1286.**Teatro completo v. 3: O rato no muro** ***seguido de*** **Auto da barca de Camiri** – Hilda Hilst
1287.**Teatro completo v. 4: A empresa** ***seguido de*** **O novo sistema** – Hilda Hilst
1289.**Fora de mim** – Martha Medeiros
1290.**Divã** – Martha Medeiros
1291.**Sobre a genealogia da moral: um escrito polêmico** – Nietzsche
1292.**A consciência de Zeno** – Italo Svevo
1293.**Células-tronco** – Jonathan Slack
1294.**O fim do ciúme e outros contos** – Proust
1295.**A jangada** – Júlio Verne
1296.**A ilha do dr. Moreau** – H.G. Wells
1297.**Ninho de fidalgos** – Ivan Turguêniev
1298.**Jane Eyre** – Charlotte Brontë
1299.**Sobre gatos** – Bukowski
1300.**Sobre o amor** – Bukowski
1301.**Escrever para não enlouquecer** – Bukowski
1302.**222 receitas** – J. A. Pinheiro Machado
1303.**Reinações de Narizinho** – Monteiro Lobato
1304.**O Saci** – Monteiro Lobato
1305.**Memórias da Emília** – Monteiro Lobato
1306.**O Picapau Amarelo** – Monteiro Lobato
1307.**A reforma da Natureza** – Monteiro Lobato
1308.**Fábulas** ***seguido de*** **Histórias diversas** – Monteiro Lobato
1309.**Aventuras de Hans Staden** – Monteiro Lobato
1310.**Peter Pan** – Monteiro Lobato
1311.**Dom Quixote das crianças** – Monteiro Lobato
1312.**O Minotauro** – Monteiro Lobato
1313.**Um quarto só seu** – Virginia Woolf

1314.**Sonetos** – Shakespeare
1315(35).**Thoreau** – Marie Berthoumieu e Laura El Makki
1316.**Teoria da arte** – Cynthia Freeland
1317.**A arte da prudência** – Baltasar Gracián
1318.**O louco *seguido de* Areia e espuma** – Khalil Gibran
1319.**O profeta *seguido de* O jardim do profeta** – Khalil Gibran
1320.**Jesus, o Filho do Homem** – Khalil Gibran
1321.**A luta** – Norman Mailer
1322.**Sobre o sofrimento do mundo e outros ensaios** – Schopenhauer
1323.**Epidemiologia** – Rodolfo Sacacci
1324.**Japão moderno** – Christopher Goto-Jones
1325.**A arte da meditação** – Matthieu Ricard
1326.**O adversário secreto** – Agatha Christie
1327.**Pollyanna** – Eleanor H. Porter
1328.**Espelhos** – Eduardo Galeano
1329.**A Vênus das peles** – Sacher-Masoch
1330.**O 18 de brumário de Luís Bonaparte** – Karl Marx
1331.**Um jogo para os vivos** – Patricia Highsmith
1332.**A tristeza pode esperar** – J.J. Camargo
1333.**Vinte poemas de amor e uma canção desesperada** – Pablo Neruda
1334.**Judaísmo** – Norman Solomon
1335.**Esquizofrenia** – Christopher Frith & Eve Johnstone
1336.**Seis personagens em busca de um autor** – Luigi Pirandello
1337.**A Fazenda dos Animais** – George Orwell
1338.**1984** – George Orwell
1339.**Ubu Rei** – Alfred Jarry
1340.**Sobre bêbados e bebidas** – Bukowski
1341.**Tempestade para os vivos e para os mortos** – Bukowski
1342.**Complicado** – Natsume Ono
1343.**Sobre o livre-arbítrio** – Schopenhauer
1344.**Uma breve história da literatura** – John Sutherland
1345.**Você fica tão sozinho às vezes que até faz sentido** – Bukowski
1346.**Um apartamento em Paris** – Guillaume Musso
1347.**Receitas fáceis e saborosas** – José Antonio Pinheiro Machado
1348.**Por que engordamos** – Gary Taubes
1349.**A fabulosa história do hospital** – Jean-Noël Fabiani
1350.**Voo noturno *seguido de* Terra dos homens** – Antoine de Saint-Exupéry
1351.**Doutor Sax** – Jack Kerouac
1352.**O livro do Tao e da virtude** – Lao-Tsé
1353.**Pista negra** – Antonio Manzini
1354.**A chave de vidro** – Dashiell Hammett
1355.**Martin Eden** – Jack London
1356.**Já te disse adeus, e agora, como te esqueço?** – Walter Riso
1357.**A viagem do descobrimento** – Eduardo Bueno
1358.**Náufragos, traficantes e degredados** – Eduardo Bueno
1359.**Retrato do Brasil** – Paulo Prado
1360.**Maravilhosamente imperfeito, escandalosamente feliz** – Walter Riso
1361.**É...** – Millôr Fernandes
1362.**Duas tábuas e uma paixão** – Millôr Fernandes
1363.**Selma e Sinatra** – Martha Medeiros
1364.**Tudo que eu queria te dizer** – Martha Medeiros
1365.**Várias histórias** – Machado de Assis
1366.**A sabedoria do Padre Brown** – G. K. Chesterton
1367.**Capitães do Brasil** – Eduardo Bueno
1368.**O falcão maltês** – Dashiell Hammett
1369.**A arte de estar com a razão** – Arthur Schopenhauer
1370.**A visão dos vencidos** – Miguel León-Portilla
1371.**A coroa, a cruz e a espada** – Eduardo Bueno
1372.**Poética** – Aristóteles
1373.**O reprimido** – Agatha Christie
1374.**O espelho do homem morto** – Agatha Christie
1375.**Cartas sobre a felicidade e outros textos** – Epicuro
1376.**A corista e outras histórias** – Anton Tchékhov
1377.**Na estrada da beatitude** – Eduardo Bueno
1378.**Freud: a cura pelo espírito** – Stefan Zweig
1379.**O nascimento da tragédia** – Friedrich Nietzsche
1380.**Tempos difíceis** – Charles Dickens
1381.**A aventura da tumba egípcia e outras histórias** – Agatha Christie
1382.**O sonho e outros contos** – Agatha Christie
1383.**Uma paixão no deserto *seguido de* A paz conjugal** – Honoré de Balzac
1384.**Um episódio durante o terror *seguido de* A falsa amante** – Honoré de Balzac
1385.**Vamos colorir!!! Um livro para todas as idades** – L&PM Editores
1386.**Feliz por nada** – Martha Medeiros
1387.**Simples assim** – Martha Medeiros
1388.**A graça da coisa** – Martha Medeiros
1389.**A forma da água** – Andrea Camilleri
1390.**O cão de terracota** – Andrea Camilleri
1391.**Resumo da ópera** – A.S. Franchini
1392.**Doidas & santas** – Martha Medeiros
1393.**Quem diria que viver ia dar nisso** – Martha Medeiros
1394.**Assassinato no beco** – Agatha Christie
1395.**Vidas secas** – Graciliano Ramos
1396.**O roubo da joia no Grand Metropolitan e outras histórias** – Agatha Christie

IMPRESSÃO:

PALLOTTI
GRÁFICA

Santa Maria - RS | Fone: (55) 3220.4500

www.graficapallotti.com.br